碎句与短章

周国平◎著

无论你多么热爱自己的事业，也无论你的事业是什么，你都应该为自己保留一个开阔的心灵空间，一种内在的从容和悠闲。

中国盲文出版社

图书在版编目（CIP）数据

碎句与短章（精编大字版）/周国平著．—北京：中国盲文出版社，2014．8

ISBN 978－7－5002－5295－5

Ⅰ．①碎…　Ⅱ．①周…　Ⅲ．①随笔—作品集—中国—当代②杂文—作品集—中国—当代　Ⅳ．①I267．1

中国版本图书馆 CIP 数据核字（2014）第 181729 号

碎句与短章

著　　者：周国平
责任编辑：包国红
出版发行：中国盲文出版社
社　　址：北京市西城区太平街甲 6 号
邮政编码：100050
印　　刷：北京汇林印务有限公司
经　　销：新华书店
开　　本：787×1092　1/16
字　　数：130 千字
印　　张：14．75
版　　次：2014 年 10 月第 1 版　2017 年 3 月第 2 次印刷
书　　号：ISBN 978－7－5002－5295－5/I・1180
定　　价：29．00 元
编辑热线：（010）83190265
销售服务热线：（010）83190297　83190289　83190292

目录 CONTENTS

下编 短章

序

本书是我的第三本随感集，所收文字写于 2001 至 2005 年间。其中有少许内容，后来用到了文章里，这里仍酌情保留。全书分成两部分。上编“碎句”基本上是随感的原始素材，按主题加以分类编排。下编“短章”汇集了一些短小的文章，大多是为一家报纸的副刊写的，实际上也是在随感素材的基础上加工而成。

为本书取名颇费了一点斟酌。一开始，想了个《草叶露珠》的名字，“草叶”和“露珠”只取其大小，分别指成形的短文和零星的随感，但很快觉得不妥，会让人误以为是一本散文诗，与内容对照显得矫情，就放弃了。随后改为《只言片语》，“只言”指零星的随感，“片语”指成形的短文，贴切而又老实，自己挺满意。不料在交稿前，两位编辑知道了，一致反对，说这个书名太平凡。其实，书的内容本来就平凡，我是有意取一个平凡的书名的，这才名实相副。可是，编辑的意见不能不听，就改成了现在的这个书名。好在仍算贴切，虽然雅致，却不花哨，皆大欢喜。给书取名，就像给人取名一样，都是难事。记下这个花絮，是为了不让编辑的功劳埋没，也不让我的这篇序短得不成样子。

周国平

2006 年 3 月 30 日

上编

碎句

人　性

每一个人的长处和短处是同一枚钱币的两面，就看你把哪一面翻了出来。换一种说法，就每一个人的潜质而言，本无所谓短长，短长是运用的结果，用得好就是长处，用得不好就成了短处。

华兹华斯说："孩子是大人的父亲。"我这样来论证这个命题——

孩子长于天赋、好奇心、直觉，大人长于阅历、知识、理性，因为天赋是阅历的父亲，好奇心是知识的父亲，直觉是理性的父亲，所以孩子是大人的父亲。

这个命题除了表明我们应该向孩子学习之外，还可做另一种解释：对于每一个人来说，他的童年状况也是他的成年状况的父亲，因此，早期的精神发育在人生中具有关键作用。

人是情感动物，也是理智动物，二者不可缺一。

在人类一切事业中，情感都是原动力，而理智则有时是制动器，有时是执行者。或者说，情感提供原材料，理智则做出取舍，进行加工。世上决不存在单凭理智就能够成就的事业。

所以，无论哪一领域的天才，都必是具有某种强烈情感的人。区别只在于，由于理智加工程度和方式的不同，对那作为原材料的情感，我们从其产品上或者容易认出，或者不容易认出罢了。

情感和理智是一对合作伙伴，如同一切合作伙伴一样，它们之间可能发生冲突。有几种不同情况：

其一，两者都弱，冲突也就弱，其表现是平庸。

其二，双方力量对比悬殊，情感强烈而理智薄弱，或理智发达而情感贫乏。在这两种情形下，冲突都不会严重，因为一方稳占支配地位。这样的人可能一事无成，也可能成为杰出的偏才。

其三，两者皆强，因而冲突异常激烈。然而，倘若深邃的理智终于能驾驭磅礴的情感，从最激烈的冲突中便能产生最伟大的成就。这就是大天才的情形。

一个人对于人性有了足够的理解，他看人包括看自己的眼光就会变得既深刻又宽容，在这样的眼光下，一切隐私都可以还原成普遍的人性现象，一切个人经历都可以转化成心灵的财富。

绝大多数人的生命潜能有太多未被发现和运用。由于环境的逼迫、利益的驱使或自身的懒惰，人们往往过早地定型了，把偶然形成的一条窄缝当成了自己的生命之路，只让潜能中极小一部分从那里释放，绝大部分遭到了弃置。人们是怎样轻慢地亏待自己只有一次的生命啊。

不论电脑怎样升级，我只是用它来写作，它的许多功能均未被开发。我们的生命何尝不是如此？

骄傲与谦卑未必是反义词。

有高贵的骄傲，便是面对他人的权势、财富或任何长处不卑不亢，也有高贵的谦卑，便是不因自己的权势、财富或任何长处傲视他人，它们是相通的。

同样，有低贱的骄傲，便是凭借自己的权势、财富或任何长处趾高气扬，也有低贱的谦卑，便是面对他人的权势、财富或任何长处奴颜婢膝，它们也是相通的。

真正的对立存在于高贵与低贱之间。

我听到一场辩论：挑选一个人才，人品和才智哪一个更重要？双方各执一端，而有一个论据是相同的。一方说，人品重要，因为才智是可以培养的，人品却难改变。另一方说，才智重要，因为人品是可以培养的，才智却难改变。

其实，人品和才智都是可以改变的，但要有大的改变都很难。

也许，人是很难真正改变的，内核的东西早已形成，只是在不同的场景中呈现不同的形态，场景的变化反而证明了内核的坚固。

人性意义上的伟大是世界性的，必能赢得一切民族的人的尊敬。

耶稣说："先知在自己的家乡往往不受欢迎，而在家乡之外却受到尊敬。"套用他的话，我们可以说，只在自己的家乡受到推崇、而在家乡之外不受欢迎的榜样是不够格的榜样。

在任何专制体制下，都必定盛行严酷的道德法庭，其职责便是以道德的名义把人性当作罪恶来审判。事实上，用这样的尺度衡量，每个人都是有罪的，至少都是潜在的罪人。可是，也许正因为如此，道德审判反而更能够激起疯狂的热情。

据我揣摩，人们的心理可能是这样的：一方面，自己想做而不敢做的事，竟然有人做了，于是嫉妒之情便化装成正义的愤怒猛烈喷发了，当然啦，决不能让那个得了便宜的人有好下场；另一方面，倘若自己也做了类似的事，那么，坚决向法庭认同，与罪人划清界限，就成了一种自我保护的本能反应，仿佛谴责的调门越高，自己就越是安全。

因此，凡道德法庭盛行之处，人与人之间必定充满残酷的斗争，人性必定扭曲，爱必定遭到扼杀。

人　生

人生中的大问题都是没有答案的，但是，唯有思考这些问题的人才可能真正拥有自己的生活信念和生活准则。

人生中有些事情很小，但可能给我们造成很大的烦恼，因为离得太近。人生中有些经历很重大，但我们当时并不觉得，也因为离得太近。距离太近时，小事也会显得很大，使得大事反而显不出大了。隔开一定距离，事物的大小就显出来了。

我们走在人生的路上，遇到的事情是无数的，其中多数非自己所能选择，它们组成了我们每一阶段的生活，左右着我们每一时刻的心情。我们很容易把正在遭遇的每一件事情都看得十分重要。然而，事过境迁，当我们回头看走过的路时便会发现，人生中真正重要的事情是不多的，它们奠定了我们的人生之路的基本走向，而其余的事情不过是路边的一些令人愉快或不愉快的小景物罢了。

人生中一切美好的时刻，我们都无法留住。人人都生活在流变中，人人的生活都是流变。那么，一个人的生活是否精彩，就并不在于他留住了多少珍宝，而在于他有过多少想留而留不住的美好的时刻，正是这些时刻组成了他的生活中的流动的盛宴。留不住当然是悲哀，从来没有想留住的珍宝却是更大的悲哀。

既然一切美好的价值都会成为过去，我们就必须承认过去的权利，过去不是空无，而是一切美好价值存在的唯一可能的形式。

世上事了犹未了，又何必了。这种心境，完全不是看破红尘式的超脱，而更像是一种对人生悲欢的和解和包容。

人心中应该有一些有分量的东西，使人沉重的往事是不会流失的。

人生有千百种滋味，品尝到最后，都只留下了一种滋味，就是无奈。生命中的一切花朵都会凋谢，一切凋谢都不可挽回，对此我们只好接受。我们不得不把人生的一切缺憾随同人生一起接受下来，认识到了这一点，我们心中就会产生一种坦然。无奈本身包含不甘心的成分，可是，当我们甘心于不甘心，坦然于无奈，对无能为力的事情学会了无所谓，无奈就成了一种境界。

我们平时斤斤计较于事情的对错，道理的多寡，感情的厚薄，在一位天神的眼里，这种认真必定十分可笑。

我相信，终年生活在大自然中的人，是会对一草一木产生感情的，他会与它们熟识，交谈，会惦记和关心它们。大自然使人活得更真实也更本质。

人在世界上行走，在时间中行走，无可奈何地迷失在自己的行走之中。他无法把家乡的泉井带到异乡，把童年的彩霞带到今天，把十八岁生日的烛光带到四十岁的生日。不过，那不能带走的东西未必就永远丢失了。也许他所珍惜的所有往事都藏在某个人迹不至的地方，在一个意想不到的时刻，其中一件或另一件会突然向他显现，就像从前的某一片烛光突然在记忆的夜空中闪亮。

我不知道，我的本质究竟是那独一无二的“自我”，还是那无所不包的“大全”。我只知道，对于我来说，无论是用“大全”否定“自我”，还是用“自我”否定“大全”，结局都是虚无。

我们不妨站到上帝的位置上看自己的尘世遭遇，但是，我们永远是凡人而不是上帝。所以，每一个人的尘世遭遇对于他自己仍然具有特殊的重要性。

“祸兮福之所倚，福兮祸之所伏。”老子如是说。

既然祸福如此无常，不可预测，我们就应该与这外在的命运保持一个距离，做到某种程度的不动心，走运时不得意忘形，背运时也不丧魂落魄。也就是说，在宏观上持一种被动、超脱、顺其自然的态度。

既然祸福如此微妙，互相包含，在每一具体场合，我们又非无可作为。我们至少可以做到，在幸运时警惕和防备那潜伏在幸福背后的灾祸，在遭灾时等待和争取那依傍在灾祸身上的转机。也就是说，在微观上持一种主动、认真、事在人为的态度。

虽然没有根据，但我确信每个人的寿命是一个定数，太不当心也许会把它缩短，太当心却不能把它延长。

死亡不是一个思考的对象。当我们自以为在思考死亡的时候，我们实际上所做的事情不是思考，而是别的，例如期望、相信、假设、想象、类比等等。

不过，我不反对这样做，因为对于死亡的真正思考是不可能的，我们除了用各种诗意的解说来鼓励自己之外，还能够怎样呢？

一个人预先置身于墓中，从死出发来回顾自己的一生，他就会具备一种根本的诚实，因为这时他面对的是自己和上帝。人只有在面对他人时才需要掩饰或撒谎，自欺者所面对的也不是真正的自己，而是自己在他人面前扮演的角色。

死亡是神秘的黑夜，生命如同黑夜里一朵小小的烛光。它燃烧，照耀，突然被一阵风吹灭；或者，逐渐暗淡，终于慢慢地熄灭。

在另一个黑夜里，同一朵烛光会不会重新点燃？

也许，在天国里没有黑夜，只有光明，所有的烛光其实并未熄灭，只是回到了那永恒的光明中？

对于死亡，我也许不是想明白了，而是受了哲人们态度的熏陶，能够面对和接受了。

随着老年的到来，人的自我意识似乎会渐渐淡薄。死的可怕在于自我的寂灭，那么，自我意识的淡薄应该是一件好事了，因为它使人在麻木中比较容易接受死。

可是，问题在于：临死时究竟清醒好还是麻木好？

我无法回答这个问题。我的设想是，若是保持清醒的自我意识，死时肯定会更痛苦，但同时也会更自持，更尊严，更有气度。

恰恰是当一个人即将告别人世的时候，他与世界之间最有可能产生一种非常有价值的交流。这种死别时刻的精神交流几乎具有一种神圣的性质。一个人在大限面前很可能会获得一种不同的眼光，比平常更真实也更超脱。当然，前提是他没有被死亡彻底击败，仍能进行活泼的思考。有一些人是能够凭借自身内在的力量做到这一点的。就整个社会而言，为了使更多的人做到这一点，便有必要改变讳言死亡的陋习，形成一种生者与将死者一起坦然面对死亡的健康氛围。在这样的氛围中，将死者不再是除了等死别无事情可做，而是可以做他一生中最后一件有意义的事，便是成为一个哲学家。我这么说丝毫不是开玩笑，一个人不管他的职业是什么，他的人生的最后阶段都应该是哲学阶段。在这个阶段，死亡近在眼前，迫使他不得不面对这个最大的哲学问题。只要他能够正视和思考，达成一种恰当的认识和态度，他也就是一个事实上的哲学家了。

死有什么可思考的？什么时候该死就死，不就是一死？——可是，这种满不在乎的态度会不会也是一种矫情呢？

他兴奋了，不停地吸烟。吸烟有害于健康，会早死的！死？此时此刻，这是一个多么遥远而抽象的字眼。

从无中来，为何不能回到无中去？

做　人

一个自己有人格的尊严的人，必定懂得尊重一切有尊严的人格。

同样，如果你侮辱了一个人，就等于侮辱了一切人，也侮辱了你自己。

做人要讲道德，做事要讲效率。讲道德是为了对得起自己的良心，讲效率是为了对得起自己的生命。

在人类的基本价值中，有一项久已被遗忘，它就是高贵。

西方人文传统中有一个重要观念，便是人的尊严，其经典表达就是康德所说的“人是目的”。按照这个观念，每个人都是一个有尊严的精神性存在，不可被当作手段使用。对于今天许多国人来说，这个观念何其陌生，只把自己用做了谋利的手段，互相之间也只把对方用做了谋利的手段，未尝想到自己和别人都是有尊严的精神性存在。

世上有一种人，毫无尊严感，毫不讲道理，一旦遇上他们，我就不知道怎么办好了，因为我与人交往的唯一基础是尊严感，与人斗争的唯一武器是讲道理。我不得不相信，在生物谱系图上，我和他们之间隔着无限遥远的距离。

人生意义取决于灵魂生活的状况。其中，世俗意义即幸福取决于灵魂的丰富，神圣意义即德性取决于灵魂的高贵。

人应该有一种基本的自信，就是做人的自信，作为人类平等一员的自信。在专制政治下，人们的这种自信必然遭到普遍的摧毁。当所有的人都被迫跪下的时候，那唯一站着的人就成了神。

在日常生活中，当一个人在某方面——例如权力、财产、知识、相貌等——处于弱势状态时，常常也会产生自卑心理。但是，只要你拥有做人的基本自信，你就比较容易克服这类局部的自卑，依然坦荡地站立在世界上。

那些没有立足点的人，他们哪儿都不在，竟因此自以为是自由的。在今天，这样的人岂不仍然太多了？没有自己的信念，他们称这为思想自由。没有自己的立场，他们称这为行动自由。没有自己的女人，他们称这为爱情自由。可是，真正的自由始终是以选择和限制为前提的，爱上这朵花，也就是拒绝别的花。一个人即使爱一切存在，仍必须为他的爱找到确定的目标，然后他的博爱之心才可能得到满足。

人应该活得真实。真实不在这个世界的某一个地方，而是我们对这个世界的一种态度，是我们终于为自己找到的一种生活信念和准则。

处 世

人活世上，有时难免要有求于人和违心做事。但是，我相信，一个人只要肯约束自己的贪欲，满足于过比较简单的生活，就可以把这些减少到最低限度。远离这些麻烦的交际和成功，实在算不得什么损失，反而受益无穷。我们因此获得了好心情和好光阴，可以把它们奉献给自己真正喜欢的人，真正感兴趣的事，而首先是奉献给自己。对于一个满足于过简单生活的人，生命的疆域是更加宽阔的。

人的精力是有限的，有所为就必有所不为，而人与人之间的巨大区别就在于所为所不为的不同取向。

我相信，在现代的市场竞争中，综合素质是更加重要的，其中也包括精神素质。市场上的大手笔往往出自精神视野宽阔的人，玩弄小伎俩的人虽能得逞于一时，但绝没有大出息。

仗义和信任貌似相近，实则属于完全不同的道德谱系。信任是独立的个人之间的关系，一方面各人有自己的人格、价值观、生活方式、利益追求等，在这些方面彼此尊重，绝不要求一致，另一方面合作做事时都遵守规则。仗义却相反，一方面抹杀个性和个人利益，样样求同，不能容忍差异，另一方面共事时不讲规则。

成功不是衡量人生价值的最高标准，比成功更重要的是，一个人要拥有内在的丰富，有自己的真性情和真兴趣，有自己真正喜欢做的事。只要你有自己真正喜欢做的事，你就在任何情况下都会感到充实和踏实。那些仅仅追求外在成功的人实际上是没有自己真正喜欢做的事的，他们真正喜欢的只是名利，一旦在名利场上受挫，内在的空虚就暴露无遗。照我的理解，把自己真正喜欢做的事做好，尽量做得完美，让自己满意，这才是成功的真谛，如此感到的喜悦才是不掺杂功利考虑的纯粹的成功之喜悦。当然，这个意义上的成功已经超越于社会的评价，而人生最珍贵的价值和最美好的享受恰恰就寓于这样的成功之中。

成功是一个社会概念，一个直接面对上帝和自己的人是不会太看重它的。

有一些渺小的人获得了虚假的成功，他们的成功很快就被历史遗忘了。有一些伟大的人获得了真实的成功，他们的成功被历史永远记住了。但是，我知道，还有许多优秀的人，他们完全淡然于成功，最后也确实与成功无缘。对于这些人，历史既没有记住他们，也没有遗忘他们，他们是超越于历史之外的。

生命有限，我害怕把精力投错了地方，致使不再来得及做成自己真正想做的事情。我本来就不是一个爱热闹的人，今后会更加远离一切热闹，包括媒体的热闹和学界的热闹（我把后者看作前者的一个类别），在安静中做成自己想做的事情，或者至少把自己真正想做什么的问题想明白。其实，真想明白了，哪有做不成之理呢？

好了，祝世界继续热闹。

我们活在世上，必须知道自己究竟想要什么。一个人认清了他在这世界上要做的事情，并且在认真地做着这些事情，他就会获得一种内在的平静和充实。

现在我觉得，人生最好的境界是丰富的安静。安静，是因为摆脱了外界虚名浮利的诱惑。丰富，是因为拥有了内在精神世界的宝藏。

热闹总归是外部活动的特征，而任何外部活动倘若没有一种精神追求为其动力，没有一种精神价值为其目标，那么，不管表面上多么轰轰烈烈，有声有色，本质上必定是贫乏和空虚的。我对一切太喧嚣的事业和一切太张扬的感情都心存怀疑，它们总是使我想起莎士比亚对生命的嘲讽："充满了声音和狂热，里面空无一物。"

老子主张"守静笃"，任世间万物在那里一齐运动，我只是静观其往复，如此便能成为万物运动的主人。这叫“静为躁君”。

当然，人是不能只静不动的，即使能也不可取，如一潭死水。你的身体尽可以在世界上奔波，你的心情尽可以在红尘中起伏，关键在于你的精神中一定要有一个宁静的核心。有了这个核心，你就能够成为你的奔波的身体和起伏的心情的主人了。

太热闹的生活始终有一个危险，就是被热闹所占有，渐渐误以为热闹就是生活，热闹之外别无生活，最后真的只剩下了热闹，没有了生活。

我们捧着一本书，如果心不静，再好的书也读不进去，更不用说领会其中妙处了。读生活这本书也是如此。其实，只有安静下来，人的心灵和感官才是真正开放的，从而变得敏锐，与对象处在一种最佳关系之中。但是，心静又是强求不来的，它是一种境界，是世界观导致的结果。一个不知道自己到底要什么的人，必定总是处在心猿意马的状态。

独处与交往

独处也是一种能力，并非任何人任何时候都可具备的。具备这种能力并不意味着不再感到寂寞，而在于安于寂寞并使之具有生产力。人在寂寞中有三种状态。一是惶惶不安，茫无头绪，百事无心，一心逃出寂寞。二是渐渐习惯于寂寞，安下心来，建立起生活的条理，用读书、写作或别的事务来驱逐寂寞。三是寂寞本身成为一片诗意的土壤，一种创造的契机，诱发出关于存在、生命、自我的深邃思考和体验。

有的人只习惯于与别人共处，和别人说话，自己对自己无话可说，一旦独处就难受得要命，这样的人终究是肤浅的。人必须学会倾听自己的心声，自己与自己交流，这样才能逐渐形成一个较有深度的内心世界。

我身上有两个自我。一个好动，什么都要尝试，什么都想经历。另一个喜静，对一切加以审视和消化。这另一个自我，仿佛是它把我派遣到人世间活动，同时又始终关切地把我置于它的视野之内，随时准备把我召回它的身边。即使我在世上遭受最悲惨的灾难和失败，只要识得返回它的途径，我就不会全军覆没。它是我的守护神，为我守护着一个永远的家园，使我不致无家可归。

在我们每个人身上，除了外在的自我以外，都还有着一个内在的精神性的自我。可惜的是，许多人的这个内在自我始终是昏睡着的，甚至是发育不良的。为了使内在自我能够健康生长，你必须给它以充足的营养。如果你经常读好书、沉思、欣赏艺术，拥有丰富的精神生活，你就一定会感觉到，在你身上确实还有一个更高的自我，这个自我是你的人生路上的坚贞不渝的精神密友。

人在世上都离不开朋友，但是，最忠实的朋友还是自己，就看你是否善于做自己的朋友了。要能够做自己的朋友，你就必须比那个外在的自己站得更高，看得更远，从而能够从人生的全景出发给他以提醒、鼓励和指导。

“记住回家的路”这句话有两层意思。其一，人活在世上，总要到社会上去做事的。如果说这是一种走出家门，那么，回家便是回到每个人的自我，回到个人的内心生活。一个人倘若只有外在生活，没有内心生活，他最多只是活得热闹或者忙碌罢了，决不可能活得充实。其二，如果把人生看作一次旅行，那么，只要活着，我们就总是在旅途上。人在旅途，怎能没有乡愁？乡愁使我们追思世界的本原，人生的终极，灵魂的永恒故乡。总括起来，“记住回家的路”就是：记住从社会回到自我的路，记住从世界回到上帝的路。人当然不能不活在社会上和世界中，但是，时时记起回家的路，便可以保持清醒，不在社会的纷争和世界的喧嚣中沉沦。

真正成为自己可不是一件容易的事。世上有许多人，你可以说他是随便什么东西，例如是一种职业，一种身份，一个角色，唯独不是他自己。如果一个人总是按照别人的意见生活，没有自己的独立思考，总是为外在的事务忙碌，没有自己的内心生活，那么，说他不是他自己就一点儿也没有冤枉他。因为确确实实，从他的头脑到他的心灵，你在其中已经找不到丝毫真正属于他自己的东西了，他只是别人的一个影子和事务的一架机器罢了。

做自己的一个冷眼旁观者和批评者，这是一种修养，它可以使我们保持某种清醒，避免落入自命不凡或者顾影自怜的可笑复可悲的境地。

人们常常误认为，那些热心于社交的人是一些慷慨之士。泰戈尔说得好，他们只是在挥霍，不是在奉献，而挥霍者往往缺乏真正的慷慨。

那么，挥霍与慷慨的区别在哪里呢？我想是这样的：挥霍是把自己不珍惜的东西拿出来，慷慨是把自己珍惜的东西拿出来。社交场上的热心人正是这样，他们不觉得自己的时间、精力和心情有什么价值，所以毫不在乎地把它们挥霍掉。相反，一个珍惜生命的人必定宁愿在孤独中从事创造，然后把最好的果实奉献给世界。

与人相处，如果你感到格外的轻松，在轻松中又感到真实的教益，我敢断定你一定遇到了你的同类，哪怕你们从事着截然不同的职业。

对于人际关系，我逐渐总结出了一个最合乎我的性情的原则，就是尊重他人，亲疏随缘。我相信，一切好的友谊都是自然而然形成的，不是刻意求得的。我还认为，再好的朋友也应该有距离，太热闹的友谊往往是空洞无物的。

使一种交往具有价值的不是交往本身，而是交往者各自的价值。高质量的友谊总是发生在两个优秀的独立人格之间，它的实质是双方互相由衷的欣赏和尊敬。因此，重要的是使自己真正有价值，配得上做一个高质量的朋友，这是一个人能够为友谊所做的首要贡献。

凡是顶着友谊名义的利益之交，最后没有不破裂的，到头来还互相指责对方不够朋友，为友谊的脆弱大表义愤。其实，关友谊什么事呢，所谓友谊一开始就是假的，不过是利益的面具和工具罢了。今天的人们给了它一个恰当的名称，叫感情投资，这就比较诚实了，我希望人们更诚实一步，在投资时把自己的利润指标也通知被投资方。

现在人们提倡关爱，我当然赞成。我想提醒的是，不要企图用关爱去消除一切隔膜，这不仅是不可能的，而且会使关爱蜕变为精神强暴。在我看来，一种关爱不论来自何方，它越是不带精神上的要求，就越是真实可信，母爱便是一个典型的例证。关爱所给予的是普通的人间温暖，而在日常生活中，我们真正需要并且可以期望获得的也正是这普通的人间温暖。至于心灵的沟通，那基本上是一件可遇而不可求的事情，因而对之最适当的态度是顺其自然。

爱

人与人之间，部落与部落之间，种族与种族之间，国家与国家之间，为什么会仇恨？因为利益的争夺，观念的差异，隔膜，误会，等等。一句话，因为狭隘。一切恨都溯源于人的局限，都证明了人的局限。爱在哪里？就在超越了人的局限的地方。

只爱你的亲人和朋友是容易的，恨你的仇敌也是容易的，因为这都是出于一个有局限性的人的本能。做一个父亲爱自己的孩子，做一个男人爱年轻漂亮的女人，做一个处在种种人际关系中的人爱那些善待自己的人，这有什么难呢？作为某族的一员恨敌族，作为某国的臣民恨敌国，作为正宗的信徒恨异教徒，作为情欲之人恨伤了你的感情、损了你的利益的人，这有什么难呢？难的是超越所有这些局限，不受狭隘的本能和习俗的支配，作为宇宙之子却有宇宙之父的胸怀，爱宇宙间的一切生灵。

有人打了你的右脸，你就一定要回打他吗？你回打了他，他再回打你，仇仇相生，冤冤相报，何时了结？那打你的人在打你的时候是狭隘的，被胸中的怒气支配了，你又被他激怒，你们就一齐在狭隘中走不出来了。耶稣要你把左脸也送上去，这也许只是一个比喻，意思是要你丝毫不存计较之心，远离狭隘。当你这样做的时候，你已经上升得很高，你真正做了被打的你的肉躯的主人。相反，那计较的人只念着自己被打的右脸，他的心才成了他的右脸的奴隶。我开始相信，在右脸被打后把左脸送上去的姿态也可以是充满尊严的。

有一个人因为爱泉水的歌声，就把泉水灌进瓦罐，藏在柜子里。我们常常和这个人一样傻。我们把女人关在屋子里，便以为占有了她的美。我们把事物据为己有，便以为占有了它的意义。可是，意义是不可占有的，一旦你试图占有，它就不在了。无论我们和一个女人多么亲近，她的美始终在我们之外。不是在占有中，而是在男人的欣赏和倾倒中，女人的美便有了意义。我想起了海涅，他终生没有娶到一个美女，但他把许多女人的美变成了他的诗，因而也变成了他和人类的财富。

一个人的爱情经历并不限于与某一个或某几个特定异性之间的恩恩怨怨，而且也是对于整个异性世界的总体感受。

爱情不是人生中一个凝固的点，而是一条流动的河。这条河中也许有壮观的激流，但也必然会有平缓的流程，也许有明显的主航道，但也可能会有支流和暗流。除此之外，天上的云彩和两岸的景物会在河面上映出倒影，晚来的风雨会在河面上吹起涟漪，打起浪花。让我们承认，所有这一切都是这条河的组成部分，共同造就了我们生命中的美丽的爱情风景。

爱是耐心，是等待意义在时间中慢慢生成。

人们举着条件去找爱，但爱并不存在于各种条件的哪怕最完美的组合之中。爱不是对象，爱是关系，是你在对象身上付出的时间和心血。你培育的园林没有皇家花园美，但你爱的是你的园林而不是皇家花园。你相濡以沫的女人没有女明星美，但你爱的是你的女人而不是女明星。也许你愿意用你的园林换皇家花园，用你的女人换女明星，但那时候支配你的不是爱，而是欲望。

那些不幸的天才，例如尼采和凡·高，他们最大的不幸并不在于无人理解，因为精神上的孤独是可以用创造来安慰的，而恰恰在于得不到普通的人间温暖，活着时就成了被人群遗弃的孤魂。

两性之间

两性之间在生理上和心理上的差异是一个明显的事实，否认这种差异是愚蠢的，试图论证在这种差异中哪一性更优秀则是无聊的。正确的做法是把两性的差异本身当作价值，用它来增进共同的幸福。

女性为阴，男性为阳。于是，人们常把敏感、细腻、温柔等阴柔气质归于女性，把豪爽、粗犷、坚毅等阳刚气质归于男性。我怀疑这很可能是受了语言的暗示。事实上，女人也可以是刚强的，男人也可以是温柔的，而只要自然而然，都不失为美。

在人类文化的发展中，性的羞耻心始终扮演着一个重要的角色。性的羞耻心不只意味着禁忌和掩饰，它更来自对于差异的敏感、兴奋和好奇。在个体发育中，我们同样可以看到，性的羞耻心的萌发是与个人心灵生活的丰富化过程微妙地交织在一起的。

海涅在一首诗里说："我要是克制了邪恶的欲念，那真是一件崇高的事情；可是我要是克制不了，我还有一些无比的欢欣。"

这个原来的痴情少年现在变得多么玩世不恭啊。

你知道相反的情形是什么吗？就是：克制了欲念，感到压抑和吃亏；克制不了，又感到良心不安。

一个男人如果不再痴情，他在男女关系上大体上就只有玩世不恭和麻木不仁这两种选择。

当然，最佳状态是痴情依旧，因而不生邪念，也无须克制了。

如果你喜欢的一个女人没有选择你，而是选择了另一个男人，你所感到的嫉妒有三种情形：

第一，如果你觉得那个情敌比你优秀，嫉妒便伴随着自卑，你会比以往任何时候更为自己的弱点而痛苦。

第二，如果你觉得自己与那个情敌不相上下，嫉妒便伴随着委屈，你会强烈地感到自己落入了不公平的境地。

第三，如果你觉得那个情敌比你差，嫉妒便伴随着蔑视，你会因为这个女人的鉴赏力而降低对她的评价。

对于男人来说，一个美貌的独身女子总归是极大的诱惑。如果她已经身有所属，诱惑就会减小一些。如果她已经身心都有所属，诱惑就荡然无存了。

一个男人和一个女人要彼此以性别对待，前提是他们之间存在着发生亲密关系的可能性，哪怕他们永远不去实现这种可能性。

男人不坏，女人不爱。女人不贱，男人不睬。

我必须马上补充：所谓男人的坏，是指他对女人充满欲望；所谓女人的贱，是指她希望男人对她充满欲望。也就是说，其实是指最正常的男人和女人。

女人对于男人，男人对于女人，都不要轻言看透。你所看透的，至多是某几个男人或某几个女人，他们的缺点别有来源，不该加罪于性别。

有一种无稽之谈，说什么两性之间存在着永恒的斗争，不是东风压倒西风，就是西风压倒东风。我的信念与此相反。我相信，男人和女人都最真切地需要对方，只有在和平的联盟中才能缔造共同的幸福。

谈到现代社会中男人和女人所承受的压力，我的想法是：凡是来自自然分工的压力，例如男人奋斗，女人生育，都是不可避免的，也是好承受的。女权主义企图打破自然分工，要女人建立功名，否则讥为思想保守，要男人操心家务，否则斥为性别歧视，不仅没有减少原来的压力，反而增加了新的压力。

在动物世界中，雄性所承受的压力在很大程度上来自争夺雌性，这种争夺往往十分残酷，唯有胜者才能得到交配和繁衍的权利。其实，在人类社会中，同样的压力以稍微隐蔽的方式也落在了男性身上。不过，这是无法避免的，在优生的意义上也是公平的。

风流场所的确有一些极美的女人。可是，我无法把美女和卖淫联系起来，不能想象如此天生丽质会让许多龌龊的男人任意糟蹋。

美是高贵的，——也许这是一个迂腐之见？

婚 姻

在任何情形下，都不存在万无一失的办法以确保一个婚姻绝对安全。在一切办法中，捆绑肯定是最糟糕的一种，其结果只有两种可能：或者是成全了一个缺乏生机的平庸的婚姻，或者是一方或双方不甘平庸而使婚姻终于破裂。

相爱的人要亲密有间，即使结了婚，两个人之间仍应保持一个必要的距离。所谓必要的距离是指，各人仍应是独立的个人，并把对方作为独立的个人予以尊重。

一个简单的道理是，两个人无论多么相爱，仍然是两个不同的个体，不可能变成同一个人。

另一个稍微复杂一点的道理是，即使可能，两个人变成一个人也是不可取的。

家庭生活本身具有一种把两个人捆绑在一起的自然趋势，因此，要保持必要的距离谈何容易。我能够想出的对策是，套用政治学的术语，在家庭中也划分出一个双方一致同意的私域。也就是说，在必须共同承担的家庭责任之外，各人都拥有一个属于自己的领域，在此领域中享有个人自由，彼此不予干涉。这个私域的范围，不外乎两个方面，一是个人的精神生活，例如独处、写私人日记、发展个人爱好，另一是个人的社会交往，例如交共同朋友圈子之外的朋友，包括交异性朋友。当然，个人在私域中必须遵守一般规则，政治学的这个原理在这里也是适用的。所以，诸如养小蜜、包二奶之类的自由是不能允许的，因为它们违背了婚姻的一般规则。

爱侣之间用什么方式来保持必要的距离，分寸如何掌握，是因人而异的，不存在一个普遍适用的方案。我想强调的仅是，一定要有这个保持距离的觉悟。从根本上说，这也就是互相尊重对方的独立人格的觉悟。唯有亲密有间，家庭才能既成为一个亲密生活的共同体，又成为一个个性自由发展的场所。我相信，这样的家庭是更加生机勃勃、更加令人心情舒畅的，因而在总体上也必然是更加稳固的。

太封闭和太开放都不利于婚姻的维护，要使婚姻长久，就应该在忠诚与自由、限制与开放之间寻找一种适当的关系。难就难在把握好这个度，我相信它是因人而异的，不存在一个统一的尺寸。总的原则是亲密而有距离，开放而有节制。最好的状态是双方都以信任之心不限制对方的自由，同时又都以珍惜之心不滥用自己的自由。归根结底，婚姻是两个自由个体之间的自愿联盟，唯有在自由的基础上才能达到高质量的稳定和有创造力的长久。

凡是身心健康的男女，我的意思是说，凡是不用一种不自然的观念来压抑自己的男女，在和异性接触时都会有一种和同性接触所没有的愉快感受，在和某些异性接触时这种感受还会比较强烈，成为特别的好感，这乃是一个基于性别生理差异的必然倾向，这个倾向不会因为一个人已经有了情人或结了婚而完全改变。

在一定的意义上可以说，专一的爱情是靠了克制人性的天然倾向才得以成全的。不过，如果双方都珍惜现有的爱情，这种克制就会是自愿的，并不显得勉强。

也有一方没有克制住的情形，我的建议是，如果另一方对于彼此的爱情仍怀有基本的信心，就最好本着对人性的理解而予以原谅。要知道，那种绝对符合定义的完美的爱情只存在于童话中，现实生活中的爱情不免有这样那样的遗憾，但这正是活生生的男人和女人之间的活生生的爱情。当然，万事都有一个限度，如果越轨行为成为常规，再宽容的人也无法相信爱情的真实存在了，或者有理由怀疑这个风流成性的哥儿姐儿是否具备做伴侣的能力了。

我尝自问：大千世界，有许多可爱的女人，生活有无数种可能性，你坚守着与某一个女人组成的这个小小的家，究竟有什么理由？我给自己一条条列举出来，觉得都不成其为充足理由。我终于明白了：恋家不需要理由。只要你在这个家里感到自由自在，没有压抑感和强迫感，摩擦和烦恼当然免不了，但都能够自然地化解，那么，这就证明你的生活状态是基本对头的，你是适合于过有家的生活的。

夫妇之间，亲子之间，情太深了，怕的不是死，而是永不再聚的失散，以至于真希望有来世或者天国。佛教说诸法因缘生，教导我们看破无常，不要执着。可是，千世万世只能成就一次的佳缘，不管是遇合的，还是修来的，叫人怎么看得破？

孩子和教育

看着孩子可爱的模样，我心中总是响起一个声音：假如这情景能长驻该多好啊！当然，这是不可能的，孩子会长大，以后会有长大了的可爱和不可爱，没有任何办法能够阻挡孩子走向辉煌的或者平凡的成年。

即使有办法，我也不愿意阻挡，不过那是另一个问题了。

童年无小事，人生最早的印象因为写在白纸上而格外鲜明，旁人觉得琐碎的细节很可能对本人性格的形成发生过重大作用。

我一再发现，孩子对于荣誉极其敏感，那是他们最看重的东西。可是，由于尚未建立起内心的尺度，他们就只能根据外部的标志来判断荣誉。在孩子面前，教师不论智愚都能够成为权威，靠的就是分配荣誉的权力。

成长是人生最重要而奇妙的经历之一，我们在一生中有两次机会来体验这个经历，一次是为人子女，在父母抚育下长大，另一次是为人父母，抚育孩子长大。然而，我们所经历过的事情，未必就是我们所了解的。事实上，在这两种情形下，我们的处境都带有某种不可避免的盲目性。因此，孩子怎样长大——这始终是一个需要我们特别关注的题目。

从孩子出生那天起，坚持不懈地为孩子写日记，记录孩子的成长过程。在我看来，凡是有文化的父母都应该这样做，这是他们能够为孩子、也为自己做的一件极有价值的事情。

据说童年是从知道大人们的性秘密那一天开始失去的。在资讯发达的今天，孩子们过早地失去了童年，而大人们的尴尬在于，不但失去了秘密，而且失去了向孩子揭示秘密的权力。

成长是一个不断学习的过程，学习如何做人处世，如何思考问题。不过，学习的场所未必是在课堂上。事实上，生活中偶然的契机，意外的遭遇，来自他人的善意或恶意，智者的片言只语，都会是人生中生动的一课，甚至可能改变我们人生的方向。

青春似乎有无数敌人，但是，在某种意义上，学校、老师、家长、社会等等都是假想敌，真正的敌人只有一个，就是虚伪。当一个人变得虚伪之时，便是他的青春终结之日。在成长的过程中，一个人能够抵御住虚伪的侵袭，依然真实，这该是多么非凡的成就。

做孩子的朋友，孩子也肯把自己当作朋友，乃是做父母的最高境界。溺爱是动物性的爱，那是最容易的，难的是使亲子之爱获得一种精神性的品格。所谓做孩子的朋友，就是不把孩子当作宠物或工具，而是视为一个正在成形的独立的人格，不但爱他疼他，而且给予信任和尊重。凡属孩子自己的事情，既不越俎代庖，也不横加干涉，而是怀着爱心加以关注，以平等的态度进行商量。父母与孩子之间要有朋友式的讨论和交流的氛围。正是在这种氛围里，孩子便能够逐渐养成基于爱和自信的独立精神，从而健康地成长。

从一个人教育孩子的方式，最能看出他自己的人生态度。那种逼迫孩子参加各种班学各种技能的家长，自己在生活中往往也急功近利。相反，一个淡泊于名利的人，必定也愿意孩子顺应天性愉快地成长。

我由此获得了一个依据，去分析貌似违背这个规律的现象。譬如说，我基本可以断定，一个自己无为却逼迫孩子大有作为的人，他的无为其实是无能和不得志，一个自己拼命奋斗却让孩子自由生长的人，他的拼命多少是出于无奈，这两种人都想在孩子身上实现自己的未遂愿望。

我常常观察到，很小的孩子就会表露出对死亡的困惑、恐惧和关注。不管大人们怎样小心避讳，都不可能向孩子长久瞒住这件事，孩子总能从日益增多的信息中，从日常语言中，乃至从大人们的避讳态度中，终于明白这件事的可怕性质。他也许不说出来，但心灵的地震仍在地表之下悄悄发生。面对这类问题，大人们的通常做法一是置之不理，二是堵回去，叫孩子不要瞎想，三是给一个简单的答案，那答案必定是一个谎言。在我看来，这三种做法都是最坏的。正确的做法是鼓励孩子，不妨与他讨论，提出一些可能的答案，但一定不要做结论。让孩子从小对人生最重大也最令人困惑的问题保持勇于面对的和开放的心态，这肯定有百利而无一弊，有助于在他们的灵魂中生长起一种根本的诚实。

真实的、不可遏制的兴趣是天赋的可靠标志。

一个人的天赋素质是原初的、基本的东西，后天的环境和教育都是以之为基础发生作用的。对于一个天赋素质好的人来说，即使环境和教育是贫乏的，他仍能从中汲取适合于他的养料，从而结出丰硕的果实。

教育的本义是唤醒灵魂，使之在人生的各种场景中都保持在场。相反，倘若一个人的灵魂总是缺席，不管他多么有学问或多么有身份，我们仍可把他看作一个没有受过教育的蒙昧人。

把你在课堂上和书本上学到的知识都忘记了，你还剩下什么？——这个问题是对智力素质的一个检验。

把你在社会上得到的地位、权力、财产、名声都拿走了，你还剩下什么？——这个问题是对心灵素质的一个检验。

事实上，每个人天性中都蕴涵着好奇心和求知欲，因而都有可能依靠自己去发现和领略阅读的快乐。遗憾的是，当今功利至上的教育体制正在无情地扼杀人性中这种最宝贵的特质。在这种情形下，我只能向有识见的教师和家长反复呼吁，请你们尽最大可能保护孩子的好奇心，能保护多少是多少，能抢救一个是一个。我还要提醒那些聪明的孩子，在达到一定年龄之后，你们要善于向现行教育争自由，学会自我保护和自救。

是到全民向教育提问的时候了。中国现行教育的弊病有目共睹，有什么理由继续忍受？可以毫不夸张地说，在今日中国，教育是最落后的领域，它剥夺孩子的童年，扼杀少年人的求知欲，阻碍青年人的独立思考，它的所作所为正是教育的反面。改变无疑是艰难的，牵涉到体制、教师、教材各个方面。但是，前提是澄清教育的理念，弄清楚一个问题：教育究竟何为？

幸福与苦难

人生有两大幸福，一是做自己喜欢做的事，做得让自己满意，另一是和自己喜欢的人在一起，给他（她）们带来快乐。

与快感相比，幸福是一个更高的概念，而要达到幸福的境界就必须有灵魂的参与。即使就快感而言，纯粹肉体性质的快感也是十分有限的，差不多也是比较雷同的，情感的投入才使得快感变得独特而丰富。

一种西方的哲学教导我们趋乐避苦。一种东方的宗教教导我们摆脱苦与乐的轮回。可是，真正热爱人生的人把痛苦和快乐一齐接受下来。

苦与乐不但有量的区别，而且有质的区别。在每一个人的生活中，苦与乐的数量取决于他的遭遇，苦与乐的品质取决于他的灵魂。

人生的幸福主要不在于各种外在条件，而在于你是否善于享受生活乐趣。生活乐趣的大小，则正如蒙田所说，取决于你对生活的关心程度。你把你的心只放在名利上，你对生活就会视而不见，生活就毫无乐趣可言。相反，你热爱生命，你用心品味生活中的各种细节和场景，便会发现乐趣无所不在。

快乐更多地依赖于精神而非物质，这个道理一点也不深奥，任何一个品尝过两种快乐的人都可以凭自身的体验予以证明，沉湎于物质快乐而不知精神快乐为何物的人也可以凭自己的空虚予以证明。

人生的本质绝非享乐，而是苦难，是要在无情宇宙的一个小小角落里奏响生命的凯歌。

多数时候，我们生活在外部世界上，忙于琐碎的日常生活，忙于工作、交际和娱乐，难得有时间想一想自己，也难得有时间想一想人生。

可是，当我们遭到突如其来的灾难时，我们忙碌的身子一下子停了下来。灾难打断了我们所习惯的生活，同时也提供了一个机会，迫使我们与外界事物拉开了一个距离，回到了自己。

只要我们善于利用这个机会，肯于思考，就会对人生获得一种新的眼光。一个历尽坎坷而仍然热爱人生的人，他胸中一定藏着许多从痛苦中提炼的珍宝。

事实上，我们平凡生活中的一切真实的悲剧都仍然是平凡生活的组成部分，平凡性是它们的本质，诗意的美化必然导致歪曲。

冒险与苦难一样，旁观者往往会比亲历者想象得更可怕。

创 造

一个人的工作是否值得尊敬，取决于他完成工作的精神而非行为本身。这就好比造物主在创造万物之时，是以同样的关注之心创造一朵野花、一只小昆虫或一头巨象的。无论做什么事情，都力求尽善尽美，并从中获得极大的快乐，这样的工作态度中蕴涵着一种神性，不是所谓职业道德或敬业精神所能概括的。

在一定意义上，一切创造活动都是针对问题讲故事，是把故事讲得令人信服的努力。

自然科学是针对自然界的问题讲故事，社会科学是针对社会的问题讲故事，文学艺术是针对人生的问题讲故事，宗教和哲学是针对终极问题讲故事。

文化与工作是不可分的。对于一切创造者来说，文化只是完成自己的工作，以及工作中的艰辛和欢乐。每个人生活中最重要的部分是自己所热爱的那项工作，他借此而进入世界，在世上立足。有了这项他能够全身心投入的工作，他的生活就有了一个核心，他的全部生活围绕这个核心组织成了一个整体。没有这个核心的人，他的生活是碎片，譬如说，会分裂成两个都令人不快的部分，一部分是折磨人的劳作，另一部分是无所用心的休闲。

一个醉心于自己的工作的人，他不会向休闲要求文化。对他来说，休闲仅是工作之后的休整。

“休闲文化”大约只对两种人有意义，一种是辛苦劳作但从中体会不到快乐的人，另一种是没有工作要做的人，他们都需要用某种特别的或时髦的休闲方式来证明自己也有文化。

我不反对一个人兴趣的多样性，但前提是有自己热爱的主要工作，唯有如此，当他进入别的领域时，才可能添入自己的一份意趣，而不只是凑热闹。

一切从工作中感受到生命意义的人，勋章不能报偿他，亏待也不会使他失落。内在的富有找不到、也不需要世俗的对应物。像托尔斯泰、卡夫卡、爱因斯坦这样的人，没有得诺贝尔奖于他们何损，得了又能增加什么？只有那些内心中没有欢乐源泉的人，才会斤斤计较外在的得失，孜孜追求教授的职称、部长的头衔和各种可笑的奖状。他们这样做很可理解，因为倘若没有这些，他们便一无所有。

圣埃克苏佩里把创造定义为“用生命去交换比生命更长久的东西”，我认为非常准确。创造者与非创造者的区别就在于，后者只是用生命去交换维持生命的东西，仅仅生产自己直接或间接用得上的财富；相反，前者工作是为了创造自己用不上的财富，生命的意义恰恰是寄托在这用不上的财富上。

真正的创造是不计较结果的，它是一个人的内在力量的自然而然的实现，本身即是享受。只要你的心灵是活泼的，敏锐的，只要你听从这心灵的吩咐，去做能真正使它快乐的事，那么，不论你终于做成了什么事，也不论社会对你的成绩怎样评价，你都是度了一个幸福的人生。

在任何时候，我的果实与我的精神之树的关系都远比与环境的关系密切。精神上的顿悟是可能发生的，不过，它的种子必定早已埋在那个产生顿悟的人的灵魂深处。生老病死为人所习见，却只使释迦牟尼产生了顿悟。康德一辈子没有走出哥尼斯堡这个小城，但偏是他彻底改变了世界哲学的方向。说到底，是什么树就结出什么果实。一个哲学家如果他本身不伟大，那么，无论什么环境都不能使他伟大。

一个民族在文化上能否有伟大的建树，归根到底取决于心智生活的总体水平。拥有心智生活的人越多，从其中产生出世界历史性的文化伟人的机会就越大。

我们不只缺乏大诗人，也缺乏大哲学家、大科学家、大作曲家等等，所以，原因恐怕不能只从诗坛上寻找。我认为，原因很可能在于我们的文化传统的实用品格，对纯粹的精神性事业不重视、不支持。一切伟大的精神创造的前提是把精神价值本身看得至高无上，在我们的氛围中，这样的创造者不易产生，即使产生了也是孤单的，很容易夭折。中国要真正成为有世界影响的文化大国，就必须改变文化的实用品格。一个民族拥有一批以纯粹精神创造为乐的人，并且以拥有这样一批人为荣，在这样的民族中最有希望产生出世界级的文化伟人。

如果说企业家式的能力是善用自己能力的能力，那么，前一个能力是前提，然后才谈得上善用它，首先必须创造出好的产品，然后才有推销的资本。而且，在两种能力中，我仍认为前一种比后一种价值更高，因为真正的文化价值是靠前者创造的，后者的作用只是传播业已创造出的文化价值和获得世俗的成功罢了。所以，有杰出才能的文化人仍应专注于自己心灵所指示的创造方向，犯不着迎合市场去制造水准较差但销路更好的产品，为此承受相对的贫困或寂寞完全是值得的。事实上，无论何处，最好的作品都不是最畅销的，最畅销的往往是市场嗅觉特别灵的二、三流作者制造的产品，我们对此应当心平气和，视为市场经济条件下的正常情形。

在一切精神创造中，灵魂永远是第一位的。艺术是灵魂寻找形式的活动，如果没有灵魂的需要，对形式的寻找就失去了动力。那些平庸之辈之所以在艺术形式上满足于抄袭、时髦和雷同，不思创造，或者刻意标新立异，不去寻找真正适合于自己的形式，根本原因就是没有自己的灵魂需要。

天才是伟大的工作者。凡天才必定都是热爱工作、养成了工作的习惯的人。当然，这工作是他自己选定的，是由他的精神欲望发动的，所以他乐在其中，欲罢不能。那些无此体验的人从外面看他，觉得不可理解，便勉强给了一个解释，叫做勤奋。

世上大多数人是在外在动机的推动下做工作的，他们的确无法理解为自己工作是怎么一回事。一旦没有了外来的推动，他们就不知自己该做什么了。

还有一些聪明人或有才华的人，也总是不能养成工作的习惯，终于一事无成。他们往往有怀才不遇之感，可是，在我看来，一个人不能养成工作的习惯，这本身即已是才华不足的证明，因为创造欲正是才华最重要的组成部分。

对天才来说，才能是沉重的包袱，必须把它卸下来，也就是说，把它充分释放出来。“天才就是勤奋”，但天才的勤奋不是勉为其难的机械的劳作，而是能量的不可遏止的释放。有时候，天才与普通人的区别仅在于是否养成了严格的工作习惯。

每一个伟大的精神创造者，不论从事的是哲学、文学还是艺术，都有两个显著特点。一是具有内在的一贯性，其所有作品是一个整体。在一定意义上可以说，每一个伟大的哲学家一辈子只在思考一个问题，每一个伟大的艺术家一辈子只在创作一部作品。另一是具有挑战性，不但向外界挑战，而且向自己挑战，不断地突破和超越自己，不断地在自己的问题方向上寻找新的解决。

一个人用一生的时间见证和践行了某个基本真理，当他在无人处向一切人说出它时，他的口气就会像基督。

先知与智者的区别，在于他不但思考，而且把思考变成行动，在行动中思考，用行动来思考。

天才的诞生是一个超越于家族的自然事件和文化事件。在自然事件这一面，毋宁说天才是人类许多世代之精华的遗传，是广阔范围内无血缘关系的灵魂转世，是钟天地之灵秀的产物，是大自然偶一为之的杰作。

精神生活

日常生活到处大同小异，区别在于人的灵魂。人拥有了财产，并不等于就拥有了家园。家园不是这些绵羊、田野、房屋、山岭，而是把这一切联结起来的那个东西。那个东西除了是在寻找和感受着意义的人的灵魂，还能是什么呢？

意义不在事物之中，而在人与事物的关系之中，这种关系把单个的事物组织成了一个对人有意义的整体。意义把人融入一个神奇的网络，使他比他自己更宽阔。于是，麦田、房屋、羊群不再仅仅是可以折算成金钱的东西，在它们之中凝结着人的岁月、希望和信心。

我不知道基督教所许诺的灵魂不死最终能否兑现，但我确信人是有灵魂的，其证据是人并不因肉体欲望的满足而满足，世上有一些人更多地受精神欲望的折磨。我的大部分文章正是为了疗治自己的人生困惑和精神苦恼而写的，将心比心，我相信同时代一定还有许多人和我面临并思索着同样的问题。

不妨把灵魂定义为普遍性的精神在个体的人身上的存

在，或超越性的精神在人的日常生活中的存在。一个人无论怎样超凡脱俗，总是要过日常生活的，而日常生活又总是平凡的。所以，灵魂的在场未必表现为隐居修道之类的极端形式，在绝大多数情形下，恰恰是表现为日常生活中的精神追求和精神享受。

据我观察，有灵魂的人对动物的生命往往有着同情的了解。灵魂是什么？很可能是原始而又永恒的生命在某一个人身上获得了自我意识和精神表达。因此，一个有灵魂的人决不会只爱自己的生命，他必定能体悟众生一体、万有同源的真理。

我们每一个人都是在肩负着人类的形象向上行进，而人类所达到的高度是由那个攀登得最高的人来代表的。正是通过那些伟人的存在，我们才真切地体会到了人类的伟大。

当然，能够达到很高的高度的伟人终归是少数，但是，只要我们是在努力攀登，我们就是在为人类的伟大做出贡献，并且实实在在地分有了人类的伟大。

人类精神生活的土壤是统一的，并无学科之分，只要扎根在这土壤中，生长出的植物都会是茁壮的，不论这植物被怎样归类。

精神的梦永远不会变成看得见摸得着的直接现实，在此意义上不可能成真。但也不必在此意义上成真，因为它们有着与物质的梦完全不同的实现方式，不妨说，它们的存在本身就已经构成了一种内在的现实，这样的好梦本身就已经是一种真。对真的理解应该宽泛一些，你不能说只有外在的荣华富贵是真实的，内在的智慧教养是虚假的。一个内心生活丰富的人，与一个内心生活贫乏的人，他们是在实实在在的意义上过着截然不同的生活。

物质理想（譬如产品的极大丰富）和社会理想（譬如消灭阶级）的实现必须用外在的可见事实来证明，而精神理想的实现方式只能是内在的心灵境界。

有些人所说的理想，是指对于社会的一种不切实际的美好想象，一旦看到社会真相，这种想象当然就会破灭。我认为这不是理想这个概念的本义。理想应该是指那些值得追求的精神价值，例如作为社会理想的正义，作为人生理想的真、善、美，等等。这个意义上的理想是永远不可能完全实现的，否则就不成其为理想了。对于理想的实现不能做机械的理解，好像非要变成看得见摸得着的现实似的。现实不限于物质现实和社会现实，心灵现实也是一种现实。尤其是人生理想，它的实现方式只能是变成心灵现实，即一个美好而丰富的内心世界，以及由之所决定的一种正确的人生态度。除此之外，你还能想象出人生理想的别的实现方式吗？

人们做的事往往相似，做的梦却千差万别，也许在梦中藏着每一个人的更独特也更丰富的自我。

在一定意义上，艺术家是一种梦与事不分的人，做事仍像在做梦，所以做出了独一无二的事。

我相信，只要心性足够优秀，最深刻最高级的精神生活是超国界的。说到底，有底气的人在哪里都一样不同凡响，如果底气不足呢，在哪里还不一样过日子，求个舒服自在罢了。

一颗觉醒的灵魂，它的觉醒的鲜明征兆是对虚假的生活突然有了敏锐的觉察和强烈的排斥。这时候，它就会因为清醒而感到痛苦。

时尚和文明完全是两回事。一个受时尚支配的人仅仅生活在事物的表面，貌似前卫，本质上却是一个野蛮人，唯有扎根于人类精神文明土壤中的人才是真正的文明人。

存在的一切奥秘都是用比喻说出来的。对于听得懂的耳朵，大海、星辰、季节、野花、婴儿都在说话，而听不懂的耳朵却什么也没有听到。

信仰和道德

人的精神性自我有两种姿态。当它登高俯视尘世时，它看到限制的必然，产生达观的认识和超脱的心情，这是智慧。当它站在尘世仰望天空时，它因永恒的缺陷而向往完满，因肉身的限制而寻求超越，这便是信仰了。

任何一种信仰倘若不是以人的根本困境为出发点，它作为信仰的资格就值得怀疑。

有真信仰的人满足于说出真话，喜欢发誓的人往往并无真信仰。

发誓者竭力揣摩对方的心思，他发誓要做的不是自己真正想做的事情，而是他以为对方希望自己做的事情。如果他揣摩的是地上的人的心思，那是卑怯。如果他揣摩的是天上的神的心思，那就是亵渎了。

一切外在的信仰只是桥梁和诱饵，其价值就在于把人引向内心，过一种内在的精神生活。神并非居住在宇宙间的某个地方，对于我们来说，它的唯一可能的存在方式是我们在内心中感悟到它。一个人的信仰之真假，分界也在于有没有这种内在的精神生活。伟大的信徒是那些有着伟大的内心世界的人，相反，一个全心全意相信天国或者来世的人，如果他没有内心生活，你就不能说他有真实的信仰。

人之区别于动物，在于人有理性和道德。然而，人的理性是有限度的，人的道德是有缺陷的，这又是人区别于神的地方。所谓神，不一定指宇宙间的某个主宰者，不妨理解为全知和完美的一个象征。

如果说认识到人的无知是智慧的起点，那么，觉悟到人的不完美便是信仰的起点。无知并不可笑，可笑的是有了一点知识便自以为无所不知。缺点并不可恶，可恶的是做了一点善事便自以为有权审判天下人。在一切品性中，狂妄离智慧、也离虔诚最远。明明是凡身肉胎，却把自己当作神，做出一付全知全德的模样，作为一个人来说，再也不可能有比这更加愚蠢和更加渎神的姿势了。

光，真理，善，一切美好的价值，它们的存在原不是为了惩罚什么人，而是为了造福于人，使人过一种有意义的生活。光照进人的心，心被精神之光照亮了，人就有了一个灵魂。有的人拒绝光，心始终是黑暗的，活了一世而未尝有灵魂。用不着上帝来另加审判，这本身即已是最可怕的惩罚了。

一切伟大的精神创造都是光来到世上的证据。读好的书籍，听好的音乐，我们都会由衷地感到，生而为人是多么幸运。倘若因为客观的限制，一个人无缘有这样的体验，那无疑是极大的不幸。倘若因为内在的蒙昧，一个人拒绝这样的享受，那就是真正的惩罚了。伟大的作品已经在那里，却视而不见，偏把光阴消磨在源源不断的垃圾产品中，你不能说这不是惩罚。

凡真正的信仰，那核心的东西必是一种内在的觉醒，是灵魂对肉身生活的超越以及对最高精神价值的追寻和领悟。信仰有不同的形态，也许冠以宗教之名，也许没有，宗教又有不同的流派，但是，都不能少了这个核心的东西，否则就不是真正的信仰。正因为如此，我们可以发现，一切伟大的信仰者，不论宗教上的归属如何，他们的灵魂是相通的，往往具有某些最基本的共同信念，因此而能成为全人类的精神导师。

俗话说："眼见为实。"在物质事实的领域内，这个标准基本上是成立的，但在精神价值的领域内就完全不适用了。理想，信仰，真理，爱，善，这些精神价值永远不会以一种看得见的形态存在，它们实现的场所只能是人的内心世界。毫无疑问，人的内心有没有信仰，这个差异必定会在外在行为中表现出来。可是，差异的根源却是在内心，正是在这无形之域，有的人生活在光明之中，有的人生活在黑暗之中。

唯有钟爱精神价值本身而不要求看见其实际效果的人，才能够走上信仰之路。在此意义上，不见而信正是信仰的前提。所以，耶稣说："那些没有看见而信的是多么有福啊！"

歌德说得好："虔诚不是目的，而是手段，是通过灵魂的最纯洁的宁静达到最高修养的手段。"从本义来说，虔诚是面对神圣之物的一种恭敬谦卑的态度。这种态度本身还不是信仰，而只是信仰的一个表征，真正的信仰应是对神圣之物有所领悟。一个人倘若始终停留在这个表征上，对神圣之物毫无领悟却竭力维持和显示其虔诚的态度，我们就有理由怀疑他的这种态度是否装出来的。所以，我认为歌德接下来说的话是一针见血的："凡是把虔诚当作目的和目标来标榜的人，大多是伪善的。"

虽然我的出生纯属偶然，但是，既然我已出生，宇宙间某种精神本质便要以我为例来证明它的存在和伟大。否则，如果一切生存都因其偶然而没有价值，永恒的精神之火用什么来显示它的光明呢？

"上帝"是一个符号，象征人生不证自明的最高原则，而一切精神跋涉者的困惑便在于总是想去证明它。

人是由两个途径走向上帝或某种宇宙精神的，一是要给自己的灵魂生活寻找一个根源，另一是要给宇宙的永恒存在寻找一种意义。这两个途径也就是康德所说的心中的道德律和头上的星空。

不管世道如何，世上善良人总归是多数，他们心中最基本的做人准则是任何世风也摧毁不了。这准则是人心中不熄的光明，凡感觉到这光明的人都知道它的珍贵，因为它是人的尊严的来源，倘若它熄灭了，人就不复是人了。

世上的确有那样的恶人，心中的光几乎或已经完全熄灭，处世做事不再讲最基本的做人准则。他们不相信基督教的末日审判之说，也可能逃脱尘世上的法律审判，但是，活着而感受不到一丝一毫做人的光荣，你不能说这不是最严厉的惩罚。

按照中国的传统，历来树立榜样基本上是从道德着眼。我更强调人性意义上所达到的高度，亦即整体的精神素质，因为在我看来，一个人的道德品质只是他的整体精神素质的表现，并且唯有作为此种表现才有价值。即如当今社会的道德失范，其实也是某种整体精神素质的缺陷在特殊条件下的暴露，因此不是靠树立几个道德标兵就能解决的。

常常有人举着爱国的尺子评判人，但这把尺子自身也需要受到评判。首先，爱国只是尺子之一，而且是一把较小的尺子。还有比它大的尺子，例如真理、文明、人道。其次，大的尺子管小的尺子，大道理管小道理，唯有从人类真理和世界文明的全局出发，知道本民族的长远和根本利益之所在，方可论爱国。

因此，伟大的爱国者往往是本民族历史和现状的深刻批评者。那些手中只有爱国这一把尺子的人，所爱的基本上是某种狭隘的既得利益，这把尺子是专用来打一切可能威胁其私利的人的。

耶稣说："安息日是为人而设的，人不是为安息日而生的。"我们可以把耶稣的名言变换成普遍性的命题：规则是为人而设的，人不是为规则而生的。人世间的一切规则，都应该是以人为本的，都可以依据人的合理需要加以变通。

有没有不许更改的规则呢？当然有的，例如自由、公正、法治、人权，因为它们体现了一切个人的根本利益和人类的基本价值理想。说到底，正是为了遵循这些最一般的规则，才有了不断修正与之不合的具体规则的必要，而这就是人类走向幸福的必由之路。

对于新的真理的发现者，新的信仰的建立者，舆论是最不肯宽容的。如果你只是独善其身，自行其是，它就嘲笑你的智力，把你说成一个头脑不正常的疯子或呆子，一个行为乖僻的怪人。如果你试图兼善天下，普度众生，它就要诽谤你的品德，把你说成一个心术不正、妖言惑众的妖人、恶人、罪人了。

哲 学

两千年来哲学的一个迷误是，混淆了灵魂和头脑所寻求的东西。

人生中有种种不如意处，其中有一些是可改变的，有一些是不可改变的。对于那些不可改变的缺陷，哲学提供了一种视角，帮助我们坦然面对和接受。在此意义上，可以说哲学是一种慰藉。但是，哲学不只是慰藉，更是智慧。二者的区别也许在于，慰藉类似于心理治疗，重在调整我们的心态，智慧调整的却是我们看世界和人生的总体眼光。因此，如果把哲学的作用归结为慰藉，就有可能缩小甚至歪曲哲学的内涵。

任何一个真正的哲学问题都不可能有所谓标准答案，可贵的是发问和探究的过程本身，使我们对那些根本问题的思考始终处于活泼的状态。

哲学在理性与终极关切之间保持着一种紧张关系，一方面使终极价值处在永远不确定和被追问的状态，防止信仰的盲目，另一方面使理性不自囿于经验的范围，力求越界去解决更高的任务而不能，防止理性的狭隘和自负。

人的根本限制就在于不得不有一个肉身凡胎，它被欲望所支配，受有限的智力所指引和蒙蔽，为生存而受苦。可是，如果我们总是坐在肉身凡胎这口井里，我们也就不可能看明白它是一个根本限制。所以，智慧就好像某种分身术，要把一个精神性的自我从这个肉身的自我中分离出来，让它站在高处和远处，以便看清楚这个在尘世挣扎的自己所处的位置和可能的出路。

从一定意义上说，哲学家是一种分身有术的人，他的精神性自我已经能够十分自由地离开肉身，静观和俯视尘世的一切。

哲学就是分身术，把精神自我从肉体自我中分离出来，并且立足于精神自我，与那个肉体自我拉开距离，不被它所累。如果这个距离达到了无限远，肉体自我等于不存在了，便是宗教的境界了。

历史是时代的坐标，哲学是人生的坐标。

形而上学实际上是人和自己较劲。人本是有限，必归于虚无，不甘心，于是想上升为神，变为无限。可是，人终归不能成为神。也许应该和解，不要太和自己较劲了，在无限与虚无之间，也肯定有限的价值。

人类天性中有一种不可消除的冲动，就是要对世界和人生的问题追根究底。这种冲动虽说提升了人类存在的精神品质，但并不有利于人类在生物学意义上的生存。仿佛是为了保护人类的生存，上天就只让这种冲动在少数人身上格外强烈。古往今来，在世界的不同角落里，都有这样一些怀着强烈的形而上学冲动的人，不妨说，他们是一些中了形而上学之蛊的人。这样的人倘若同时具有巨大的才能，就可能成为精神领域里的天才。可是，倘若才能不足以驾驭强烈的冲动，情形就惨了，很可能会被冲动所毁而毫无积极的结果。在一般人眼里，凡是痴迷于精神事物的人都有疯狂之嫌，区别在于，有的人同时是天才，有的人却仅仅是疯子。在某种意义上，后者是人类精神追求不得不付出的代价。

哲学存在于一切感悟着人生的心灵中和思考着人生的头脑中，把它仅仅变成一种正业，至少是对它的缩小。我不信任一个只务正业的哲学家，就像不信任一个从不逃课的学生一样。

哲学有作为学术的一面，是少数人在学院里研究的一门学问。哲学经历了二千多年的发展，积累了大量资料，自成一个知识领域，需要有专门人才进行研究。但哲学不止于此，哲学主要不是知识，而是对世界和人生根本问题的独立思考。

四种哲学家：哲学就业者，把哲学当作饭碗，对哲学本身并无兴趣；哲学学者，把哲学当作学术，做知识性的整理和解释工作，研究前人和别人思考的结果，确实有这方面的兴趣或成绩；哲学大师，真正是独立思考，对世界和人生的思考提出了新思路，创建了新体系，并产生重大影响，改变了哲学史；哲人，爱智慧者，把哲学当作生活方式。

当然，上述区分是相对的。

如果把哲学看作精神生活的理性形式，那么，它在商业社会的处境是矛盾的。一方面，追逐实利的普遍倾向必然使它受到冷落。另一方面，追逐实利的结果是精神空虚，凡是感受到这种空虚并且渴望改变的人便可能愈加倾心于哲学。所以，哲学既是这个时代的弃妇，又是许多人的梦中情人。

我们要了解任何一位大哲学家的思想，都必须直接去读原著，而不能通过别人的转述，哪怕这个别人是这位大哲学家的弟子、后继者或者研究他的专家和权威。我自己的体会是，读原著绝对比读相关的研究著作有趣，在后者中，一种思想的原创力量和鲜活生命往往被消解了，只剩下了一副骨架，躯体某些局部的解剖标本，以及对于这些标本的博学而冗长的说明。

常常有人问我，学习哲学有什么捷径，我的回答永远是：有的，就是直接去读大哲学家的原著。之所以说是捷径，是因为这是唯一的途径，走别的路只会离目的地越来越远，最后还是要回到这条路上来。能够回来算是幸运的呢，常见的是丧失了辨别力，从此迷失在错误的路上了。

哲学的精华仅仅在大哲学家的原著中。如果让我来规划哲学系的教学，我会把原著选读列为唯一的主课。当然，历史上有许多大哲学家，一个人要把他们的原著读遍，几乎是不可能的，也是不必要的。以一本简明而客观的哲学史著作为入门索引，浏览一定数量的基本原著，这个步骤也许是省略不掉的。在这个过程中，如果没有一种原著引起你的相当兴趣，你就趁早放弃哲学，因为这说明你压根儿对哲学就没有兴趣。倘非如此，你对某一个大哲学家的思想发生了真正的兴趣，那就不妨深入进去。可以期望，无论那个大哲学家是谁，你都将能够通过他而进入哲学的堂奥。不管大哲学家们如何观点相左，个性各异，他们中每一个人都必能把你引到哲学的核心，即被人类所有优秀的头脑所思考过的那些基本问题，否则就称不上是大哲学家了。

要对哲学是什么获得一个概念，最好的办法是去了解历史上的哲学家们在想些什么，并尽力跟随他们的思路走一走。

要真正领悟哲学是什么，最好的办法就是读大哲学家的原著，看他们在想什么问题和怎样想这些问题。你一旦读了进去，就再也不想去碰那些粗浅的启蒙读物了。

哲学课可以是最令人生厌的，也可以是最引人入胜的，就看谁来上这门课了。谁来上是重要的。与别的课以传授知识为主不同，在哲学课上，传授知识只居于次要地位，首要目标是点燃对智慧的爱，引导学生思考世界和人生的重大问题。要达到这个目标，哲学教师自己就必须是一个有着活泼心智的爱智者。他能在课堂上产生一个磁场，把思想的乐趣传递给学生。他是一个证人，学生看见他便相信了哲学决非一种枯燥的东西。这样一个教师当然不会拿着别人编的现成教材来给学生上课，他必须自己编教材，在其中贯穿着他的独特眼光和独立思考。

一个优秀哲学教师的本事不在于让学生接受他的见解，而在于让学生受到他的熏陶，思想始终处于活跃的状态。我对哲学课的最低和最高要求是把学生领进哲学之门，使他们约略领悟到哲学的爱智魅力。但这岂是一件容易的事！多少哲学教学的结果是南辕北辙，使学生听见哲学一词就头痛，看见贴着哲学标签的门就扭头，其实那些门哪里是通往哲学的呢？

对于任何学科的理论研究来说，哲学思考的能力都是重要的，它体现为一种超越学科界限的宏观视野，一种从整体出发把握本学科中关键问题的领悟力。凡不具备相当的哲学悟性的人，是很难在任何领域成为大学者的。

这个道理在哲学研究领域中就更加不言而喻了。一个不具备哲学思考能力的人，他所从事的任何研究都不可能是真正的哲学研究，他不但不能以哲学的方式处理所面对的问题，甚至会把完全非哲学性质的问题选做自己的课题。

我自知没有建构哲学新体系的能力。所谓建构新体系，应该真正是提出了新的思路，这种新思路在哲学史上或者不曾有过，或者仅仅只是萌芽。一个新体系的产生是哲学史上的一个事件，它改变了以往各个体系之间的关系，从而使作为整体的哲学史也发生了某种改变。如果没有真正重要的创新，只是重复前人，做些新的排列组合，我认为毫无价值，不想为这种事耗费精力。

问：你是否打算建立自己的体系？

答：无此打算。首先是因为，我对此没有兴趣。其次，这是极大的冒险，据我所知，有许多人做过这种努力，但成功者寥寥无几。我想我犯不着在自己不感兴趣的事情上冒这么大的险。

文化和学术

文化有两个必备的要素，一是传统，二是思考。做一个有文化的人，就是置身于人类精神传统之中进行思考。

在市场经济迅速推进的条件下，文化的一大部分被消费趣味支配，出现平庸化趋势，这种情况不足为奇。如果一个民族在文化传统方面有深厚的精神底蕴，它就仍能够使其文化的核心不受损害，在世俗化潮流中引领精神文化的向上发展。但是，如果传统本身具有强烈的实用品格，缺少抵挡世俗化潮流的精神资源，文化整体的状况就堪忧了。这正是我们所面临的问题。

从前的精英在创造，在生活，人人都是一个独立的世界。今天的精英却只是无休止地咀嚼着从前的精英所留下的东西，名之曰文化讨论，并且人人都以能够在这讨论中插上几句话而自豪。

我相信，只要人类精神存在一天，文化就决不会灭亡。不过，我无法否认，对于文化来说，一个娱乐至上的环境是最坏的环境，其恶劣甚于专制的环境。在这样的环境中，任何严肃的精神活动都不被严肃地看待，人们不能容忍不是娱乐的文化，非把严肃化为娱乐不可，如果做不到，就干脆把戏侮严肃当作一种娱乐。

甲骨文，金文，竹简，羊皮纸，普通纸，电脑……书写越来越方便了，于是文字泛滥，写出的字也就越来越没有价值了。

斯多噶派用理性指导人生，把哲学变成每一个人的内心生活，给灵魂带来了宁静和安慰。斯多噶派还用理性指导社会，把法律变成人间唯一的统治者，给西方政治带来了自由和法治的理想。

在西方精神史上，斯多噶派建立了两个重要传统，一是在上帝的法律面前人人平等，二是个人关注内在生活。

中国是否缺少了一个斯多噶派？

人们常说，做学问要耐得寂寞，这当然不错，耐不得寂寞的人肯定与学问无缘。可是，倘若一件事本身不能使人感到愉快，所谓耐得寂寞就或者是荒唐的，或者只能用外部因素的逼迫来解释了。一个真爱学问的人其实不只是耐得寂寞，毋宁说这种寂寞是他的自觉选择，是他的正常生存状态，他在其中自得其乐，获得最大的心灵满足，你拿世上无论何种热闹去换他的寂寞，他还不肯换给你呢。

真正的学术研究应是一种以问题为核心的系统研究，

具体地说，便是进入到所研究对象的问题思路之中去，弄清楚他思考的基本问题是什么，他是如何解决这一问题的，他的解决方案的形成过程，是否还留有未解决的疑点或难点，同一问题在思想史上和当代思想界的提出及不同解决方案之间的比较，等等。毫无疑问，要完成这样的研究工作，必须兼具思想的洞见和学术的功底，二者不可缺一。

学者的社会使命不是关注当下的政治事务，而是在理论上阐明并且捍卫那些决定社会基本走向的恒久的一般原则。正如哈耶克所说，当一个学者这样做时，就意味着他已经采取了某种明确的政治立场。我不反对一个学者在他自己认为必要时对当下某个政治问题表态，可是，如果他始终只做这种事，不再做系统扎实的理论研究，那么，你可以说他是一个政论家、时评家、记者、斗士等等，但无论如何不能说他是一个学者了。如果我们的学者都去这样做，中国的政治生活也许会显得比较热闹，但理论的贫乏必定使这种热闹流于表面和无效。学术的独立并不表现为学者们频频发表政治见解，独立的前提是要有真学术，即建立起一个坚实的学术传统。正如自由主义传统对于西方政治的影响所表明的，一个坚实的学术传统对于政治现实的影响是长远的、根本的，基本上也是不可逆转的。

在我的朋友中，有一些人很看重学术界同行对他们的评价，以及他们自己在学术界的地位，这一考虑在他们的课题选择和工作计划中发生着很重要的作用。我无意责备他们，但是，我的坐标与他们不同。我从来不面向学术界，尤其是当今这个极端功利的可怜的中国学术界。我不会离开自己的精神探索的轨道去从事琐细的或者时髦的学术研究。我所面对的是我的灵魂中的问题，并带着这些问题去面对人类精神探索的历史，从这一历史中寻找解决我的问题的启示。我不过是出自自己的本性而不得不走在人类精神探索的基本道路上而已，我甚至不关心我在这个历史上能否占一席之地，那么，就更不会去关心在当今可怜的学术界占据什么位置了。这便是我的谦虚和骄傲。

好的知识分子文化与好的大众文化之间的距离，远远小于好的知识分子文化与坏的知识分子文化之间的距离。

有一些人的所谓做学问，不过是到处探听消息，比如国外某个权威说了什么话、发表了什么文章之类。我不否认了解最新学术动态的好处，但是，如果把主要精力放在这里，那就只是扮演了一个学术界的新闻记者的角色而已。和这样的人在一起，你也许会听到各种芜杂的消息，却无法讨论任何一个问题。

学术规范化的前提是学术独立，真正的学术规则是在学术独立的传统中自发形成的，是以学术为志业的学者们之间的约定俗成。在学术具有独立地位的国家和时代，或者，在坚持学术的独立品格的学者群体中，必定有这样的学术规则在发生着作用。相反，如果上述两种情况都不存在，则无论人为地制定多少规则，都不会是真正意义上的学术规则。

学术的要素：智性的快乐；问题意识；材料的系统占有（知识增量和学术传统）；独立思考。

我所理解的学术：

1. 学术性：新材料，即发现某种被忽视和遗忘的有价值的实物或文献的证据，足以证明一个假说或推翻一个定论。

2. 思想性：新观点，即提出某种看问题的全新的角度，以之对已有的材料重新做出解释，这种解释胜于原有的解释，至少是富于启发性的。

当今大多数的所谓学术，两者皆无，材料和观点都是旧的，只是在笨拙地或机敏地重复前人。所谓的新观点只是：暂时被遗忘的旧观点（冷门）；流行的观点（热门）。

文学和艺术

美是主观的还是客观的？看见了美的人不会去争论这种愚蠢的问题。在精神的国度里，一切发现都同时是创造，一切收获都同时是奉献。那些从百花中采蜜的蜂儿，它们同时也向世界贡献了蜜。

对于艺术家来说，只有两件事是重要的：第一是要有丰富而深刻的灵魂生活，第二是为这灵魂生活寻找最恰当的表达形式。前者所达到的高度决定了他的作品的精神价值，后者所达到的高度决定了他的作品的艺术价值。如果说前者是艺术中的真，那么，后者就是艺术中的美。所以，在艺术中，美是以真为前提的，一种形式倘若没有精神内涵就不能称之为美。所以，美女写真不是艺术，罗丹雕塑的那个满脸皱纹的老妓女则是伟大的艺术作品。

在一切文化形态之中，艺术是最不依赖于信息的，它主要依赖于个人的天赋和创造。艺术没有国别之分，只有好坏之分。一个好的中国艺术家与一个好的西方艺术家之间的距离，要比一个好的中国艺术家与一个坏的中国艺术家之间的距离小得多。真正的好艺术都是属于全人类的，不过，它的这种人类性完全不是来自全球化过程，而是来自它本身的价值内涵。人类精神在最高层次上是共通的，当一个艺术家以自己的方式进入了这个层次，为人类精神创造出了新的表达，他便是在真正的意义上推进了人类的艺术。

抽象艺术所表达的是对世界的一种理解。世界并无一个仿佛现成地摆在那里的、对于人人都相同的本来面目，因此，以意识反映实在为宗旨的写实艺术便失去了根据，而以意识建构世界图像为鹄的的抽象艺术则获得了充分的理由。

西方绘画之从具象走向抽象，是因为有感于形式的实用性目的对审美的干扰，因此而要尽可能地排除形式与外部物质对象的联系，从而强化其表达内在精神世界的功能。但是，一种形式在失去了其物质性含义之后，并不自动地就具有了精神性意义。因此，就抽象绘画而言，抽象本身不是目的，也不是标准，艺术家的天才在于为自己的内在精神世界寻找最恰当的图像表达，创造出真正具有精神性含义的抽象形式。

艺术当然要创新，但是，把创新当作主要的甚至唯一的目标，就肯定有问题。对于一个真正的诗人来说，诗歌是灵魂的事业，是内在的精神过程的表达方式。一个人灵魂中发生的事情必是最个性、最独特的，不得不寻求相对应的最个性、最独特的表达，创新便有了必要。所以，首要的事情是灵魂的独特和丰富。

在我看来，中国当代诗人的主要问题是灵魂的平庸和贫乏。这个批评同样适用于其他的文化从业者，包括小说家、画家、理论家、学者等等。人们都忙于过外在生活，追求外在目标，试问有多少人是有真正的内在生活的？这个问题不解决，所谓创新不过是又一个外在目标而已，是用标新立异来掩盖内在的空虚，更坏的是，来沽名钓誉。

我不怕危言耸听，宁愿把话说得极端一些：我认为诗人没有社会使命。当然，一个人除了做诗人之外，还可以有别的抱负，例如做革命家、改革家、社会批评家等等。但是，在那种情况下，他所承担的社会使命属于他的后面这些角色，而不属于他的诗人角色。当然，一个诗人也可以把诗作为武器，用来唤起民众，打击敌人，或者捍卫道统，迫害异端。但是，在那种情况下，他已经不是在写诗，而是在做别的事情了。

如果一定要说使命，诗人只有精神使命和艺术使命。在精神上，是关注灵魂，关注存在，关注人生最根本的问题。在艺术上，是锤炼和发展语言的艺术。简言之，诗人的使命就是写出有深刻精神内涵和精湛语言艺术的好作品。毫无疑问，这样的作品一定能在社会上发生有益影响，但是，这不是诗人刻意追求的目的，而只是自然的结果。

每个人都睁着眼睛，但不等于每个人都在看世界。许多人几乎不用自己的眼睛看，他们只听别人说，他们看到的世界永远是别人说的样子。人们在人云亦云中视而不见，世界就成了一个雷同的模式。一个人真正用自己的眼睛看，就会看见那些不能用模式概括的东西，看见一个与众不同的世界。

人活在世上，真正有意义的事情是看。看使人区别于动物。动物只是吃喝，它们不看与维持生存无关的事物。动物只是交配，它们不看爱侣眼中的火花和脸上的涟漪。人不但看世间万物和人间百相，而且看这一切背后的意蕴，于是有了艺术、哲学和宗教。

看并且惊喜，这就是艺术，一切艺术都存在于感觉和心情的这种直接性之中。不过，艺术并不因此而易逝，相反，当艺术家为我们提供一种新的看、新的感觉时，他同时也就为我们开启了一个新的却又永存的世界。

一切优秀的艺术家都具有一种日记意识，他们的每一件作品都是日记中的一页，日记成为一种尺度，凡是有价值的东西都要写进日记，凡是不屑写进日记的东西都没有价值。他们不肯委屈自己去制作自己不愿保藏的东西，正因为如此，他们的作品才对别人也有了价值。

青春拥有许多权利，文学梦是其中之一。但是，我不得不说，青春与文学是两回事。文学对年龄中立，它不问是青春还是金秋，只问是不是文学。在文学的国度里，青春、美女、海归都没有特权，而人们常常在这一点上发生误会。

世上没有青春文学，只有文学。文学有自己的传统和尺度，二者皆由仍然活在传统中的大师构成。对于今天从事写作的人，人们通过其作品可以准确无误地判断，他是受过大师的熏陶，还是对传统全然无知无畏。如果你真喜欢文学，而不只是赶一赶时髦，我建议你记住海明威的话。海明威说他只和死去的作家比，因为“活着的作家多数并不存在，他们的名声是批评家制造出来的”。今日的批评家制造出了青春文学，而我相信，真正能成大器的必是那些跳出了这个范畴的人，他们不以别的青春写手为对手，而是以心目中的大师为对手，不计成败地走在自己的写作之路上。

从历史上看，诗歌和哲学都诞生于神话的母腹，有亲密的血缘关系。在性格上，哲学近于男性，诗歌近于女性。后来，这兄妹（或姐弟）俩分了家，疏远了，甚至互不相认。但是，在所有大诗人和一部分大哲学家身上，我们仍可辨认出鲜明的血缘联系。一切伟大的诗歌作品必有哲学的深度，都以独特的方式对存在有所言说。不过，在诗歌中，哲学是含而不露的，是底蕴而不是姿态。在我看来，凡在诗歌中从事说教、玩弄玄虚、堆积概念的都是坏诗人，而没有一个坏诗人会是一个好哲学家。

诗人并不生活在声色犬马的现实世界里，他在这个世界里是一个异乡人和梦游者，他真正的生活场所是他的内在世界，他孜孜不倦地追寻着某种他相信是更本质也更真实的东西。这种东西在现成的语言中没有对应之物，因此他必然常常处于失语的状态。可是，他不能没有对应之物，而语言是唯一的手段，他只能用语言来追寻和接近这种东西。所以，他又必然迷恋语言炼金术，试图自己炼制出一种合用的语言。在这意义上，诗人每写出一首他自己满意的诗，都是一次从失语症中的恢复，是从失语向言说的一次成功突进。

诗人从爱情中所能收获到的果实不是幸福的家庭，而是艺术。这是他的幸运，也是他的不幸。

诗写感觉和心情。我们的感觉和心情常常是由具体的人和事引起的，其中哪些值得写，哪些不值得写，或者说，怎样辨别它们有无艺术价值呢？我提出一个标准：倘若除去了具体的人和事，那些感觉和心情显得更美了，就说明它们捕捉到了人性的某种秘密，所以具有艺术感染力和艺术价值；相反，则说明它们只是与具体的人和事纠缠在一起的凡俗心理现象，仅对当事人具有日记的意义，在艺术上却毫无价值。

我是在读海涅的诗时想到这一点的。他的佳作都属于前者，败笔都属于后者。

幼儿常常口吐妙语，但都随风飘逝，没有人长大后能够回忆起来。等到在老师家长的教诲下开始写分行的句子时，写出的多是幼稚的模仿。自发的写诗也是始于模仿，但不再是按照老师家长的教诲，而是缘于自己的阅读。最有意义的模仿不是对技巧的模仿，而是产生了一种冲动，渴望像正在阅读的诗人那样，用诗歌来说自己的心事。在这个时刻，一个可能的诗人诞生了。

很久不写诗了。仔细想想，这是一种损失。写诗会促使人更细腻地观察眼前的景物，寻找最确切的语词表达自己的感觉。一种景物，往往会唤起许多生动的比喻和象征。不写诗的人，语言是贫乏的，粗糙的，而这也导致了感觉的一般化。

写 作

世界的真理一直在我的心中寻找能够把它说出来的语言，我常常觉得快要说出来了，但是一旦说了出来，却发现仍然不是。

读许多前人的书的时候，我发现在他们身上曾经发生过同样的情况。

那么，世界的真理始终是处在快要说出来却永远没有说出来的边缘上了，而这就证明它确实是存在的。

对于写作来说，最重要的是把自己真正感受到的东西写出来，文字功夫是在这个过程之中、而不是在它之外锤炼的。

因此，我主张写自己真正熟悉的题材，自己确实体验到的东西，不怕细小，但一定要真实。这是一个积累的过程，到一定的程度，就能从容对付大的题材了。

海明威的启发。写景，要写自己真正看到的，如此写出的往往不华丽。那些写得华丽的，其实是写自己认为应该看到的，而非真正看到的，是用辞藻填补和掩饰自己的没有看到。

托尔斯泰说：在平庸和矫情之间只有一条窄路，那是唯一的正道，而矫情比平庸更可怕。据我看，矫情之所以可怕，原因就在于它是平庸却偏要冒充独特，因而是不老实的平庸。

一个好的作者，他的灵魂里有音乐，他的作品也许在谈论着不同的事物，但你仿佛始终听到同一个旋律，因为这个旋律而认出他，记住他。

好的作家生活在自己的韵律之中，因此能够不断地唱出自己的新的歌曲。那些没有自己的韵律的作家，他们唱不成调，唱得最好时是在模仿别人。

是否用自己独特的语言说出一个真理，这不只是表达的问题，而是决定了说出的是不是真理。世上也许有共同的真理，但它只存在于一个个具体的人用心灵感受到的特殊的真理之中。那些不拥有自己的特殊真理的人，无论他们怎样重复所谓共同的真理，说出的始终是空洞的言辞而不是真理。

我们试图通过写作来把不可挽留的生活变成能够保存的作品，可是，一旦变成作品，我们所拥有的便只是作品而不复是生活了。

写作与思考的关系——

有时候，写作推动思考，本身是或者愉快或者艰难的思考过程。

较多的时候，写作记录思考。如果在记录时基本未做修改，则那些思考或者是成熟的，或者是肤浅的。

最多的时候，写作冒充思考。当然，这样一来，同时也是在冒充写作。

我当然不是一个脱俗到了拒绝名声的人，但是，比名声更重要的是，我需要回到我自己。我必须为自己的心灵保留一个自由的空间，一种内在的从容和悠闲。唯有保持这样一种内在状态，我在写作时才能真正品尝到精神的快乐。无论什么东西威胁到了我所珍惜的这种内在状态，我只能坚决抵制。说到底，这也只是一种权衡利弊，一种自我保护罢了。

为自己写作，也就是为每一个与自己面临和思考着同样问题的人写作，这是我所能想象的为人类写作的唯一可能的方式。

好的作者在写作上一定是自私的，他决不肯仅仅付出，他要求每一次付出同时也是收获。人们看见他把一个句子、一本书给予这个世界，但这只是表面现象，实际上他是往自己的精神仓库里又放进了一些可靠的财富。

这就给了我一个标准，凡是我不屑于放进自己的精神仓库里去的东西，我就坚决不写，不管它们能给我换来怎样的外在利益。

一个作品如果对于作者自己没有精神上的价值，它就对任何一个读者都不可能具有这种价值。自救是任何一种方式的救世的前提，如果没有自救的觉悟，救世的雄心就只能是虚荣心、功名心和野心。中国知识分子历来热衷于做君王或民众的导师，实际上往往只是做了君王的臣僚和民众的优伶，部分的原因也许在这里。

写作本来是最自由的行为，如果你自己不想写，世上没有人能够强迫你非写不可。对于为什么要写作这个问题，最让我满意的回答是：因为我喜欢。或者：我自己也不知道为什么，就是想写。

我所说的独立的读者，是指那些不受媒体和舆论左右的人，他们只用自己的头脑和心来阅读，我的作品从来仅仅是诉诸他们的，我也仅仅看重他们的反应。

我写作时会翻开别人的文字，有时是为了获得一种启发，有时是为了获得一种自信。

对于表达的晦涩和明白不可一概而论。有康德《纯粹理性批判》那样的因为内容过于艰深而造成的晦涩，也有因为作者自己似懂非懂、思维混乱而造成的所谓晦涩。同样，有蒙田、叔本华那样的既富有洞见、又显示了非凡语言技巧的明白，也有内容苍白、让人一眼望见其浅薄的所谓明白。我相信，一个诚实的哲学家，无论思想多么深刻复杂，总是愿意在不损害表达准确的前提下力求明白的，决不会把晦涩本身作为一种价值来追求和夸耀。

衡量任何精神作品，第一标准是看它的精神内涵，包括深度、广度、创新等等，而不是看它是否容易被读懂。精神内涵差，不管容易不容易懂都不好。精神内涵好，在不损害这内涵的前提下，我认为容易懂比不容易懂要好。形式往往给人以错觉，譬如说，有的作品的确非常难懂，可是你一旦读懂了，会发现它其实什么也没有说，有的作品看似好懂，可是你读进去了，会发现其实离读懂它还远得很。

从前的译家潜心于翻译某一个作家的作品，往往是出于真正的喜爱乃至偏爱，以至于终生玩味之，不但领会其神韵，而且浸染其语言风格，所以能最大限度地提供汉语的对应物。这样的译著成功地把世界名著转换成了我们民族的精神财富，于是能够融入我们的文化进程，世代流传下去。在今天这个浮躁的时代，这样的译家是越来越稀少了。

箴言与隽语的区别，在于它的异乎寻常的重量，不管你是否理解它或喜欢它，你都不能不感觉到这重量。

有的人必须写作，是因为他心中已经有了真理，这真理是他用一生一世的日子换来的，他的生命已经转变成这真理。通过写作，他留下了真理，也留下了生命。读他的作品时，我们会感到，不管它的文字多么有分量，仍不能和文字背后东西的分量相比，因而生出敬畏之心。

如果是出于灵魂的需要而写作，当不当专业作家真是无所谓的，一个有灵魂的业余写作者远比那些没有灵魂的专业作家更加属于文学。文学接纳一切有灵魂的写作者，不问写作是否他的职业，拒绝一切没有灵魂的伪写作者，也不问写作是否他的职业。

对于身在官场而坚持写作的人，我一向怀有极大的好感和敬意。据我观察，这样的人往往是有真性情的，而且是极顽固的真性情，权力和事务都不能把它摧毁，它反能赋予所掌握的权力一种理想，所操办的事务一种格调。一个爱读书和写作的官员是不容易腐败，也不容易昏庸的。写作是回归心灵的时刻，当一个人写作时，他不再是官员，身份和职务都成了身外之物，他获得了一种自由眼光。立足于人生的全景，他知道了怎样做人，因而也知道了怎样做官。

回过头去看，我的写作之路与我的心灵之路是相当统一的，基本上反映了我在困惑中寻求觉悟和走向超脱的历程。我原是一个易感的人，容易为情所困，跳不出来。我又是一个天性悲观的人，从小就想死亡的问题，容易看破红尘。因此，我面临双重的危险，既可能毁于色，也可能堕入空。我的一生实际上都是在与这两种危险作斗争，在色与空之间寻找一个安全的中间地带。我在寻找一种状态，能够使我享受人生而不沉湎，看透人生而不消极，我的写作就是借助于哲学寻找这种状态的过程。

我的所思所写基本上是为了解决自己的问题，也许正因为如此，写出的东西才会对那些面临着相似问题的人有所启迪，从而间接地产生了影响社会的效果。

读　书

我不认为读书可以成为时尚，并且对一切成为时尚的读书持怀疑态度。读书属于个人的精神生活，必定是非常个人化的。可以成为时尚的不是读书，而是买书和谈书，譬如说，在媒体的影响下，某一时期有某一本书特别畅销，谈论它显得特时髦，插不上嘴显得特落伍。

人生有种种享受，读书是其中之一。读书的快乐，一在求知欲的满足，二在与活在书中的灵魂的交流，三在自身精神的丰富和生长。

要领略读书的快乐，必须摆脱功利的考虑，有从容的心境。

历史上有许多伟大的人物，在他们众所周知的声誉背后，往往有一个人所不知的身份，便是终身读者，即一辈子爱读书的人。

严格地说，好读书和读好书是一回事，在读什么书上没有品位的人是谈不上好读书的。所谓品位，就是能够通过阅读过一种心智生活，使你对世界和人生的思索始终处在活泼的状态。世上真正的好书，都应该能够发生这样的作用，而不只是向你提供信息或者消遣。

智力活跃的青年并不天然地拥有心智生活，他的活跃的智力需要得到鼓励，而正是通过读那些使他品尝到了智力快乐和心灵愉悦的好书，他被引导进入了作为一个整体的人类心智生活之中。

也许没有一个时代拥有像今天这样多的出版物，然而，很可能今天的人们比以往任何时候都阅读得少。在这样的时代，一个人尤其必须懂得拒绝和排除，才能够进入真正的阅读。

经典属于每一个人，但永远不属于大众。每一个人只能作为有灵魂的个人，而不是作为无个性的大众，才能走到经典中去。

书籍和电视的区别——

其一，书籍中存在着一个用文字记载的传统，阅读使人得以进入这个传统；电视以现时为中心，追求信息的当下性，看电视使人只活在当下。

其二，文字是抽象的符号，它要求阅读必须同时也是思考，否则就不能理解文字的意义；电视直接用图像影响观众，它甚至忌讳思考，因为思考会妨碍观看。

结论：书籍使人成为文明人，电视使人成为野蛮人。

读书的心情是因时因地而异的。有一些书，最适合于在羁旅中、在无所事事中、在远离亲人的孤寂中翻开。这时候，你会觉得，虽然有形世界的亲人不在你的身旁，但你因此而得以和无形世界的亲人相逢了。在灵魂与灵魂之间必定也有一种亲缘关系，这种亲缘关系超越于种族和文化的差异，超越于生死，当你和同类灵魂相遇时，你的精神本能会立刻把它认出。

读那些永恒的书，做一个纯粹的人。

读贤哲的书，走自己的路。

世态人情

一个令人惊诧的事实是，奠定欧洲精神传统的两个伟人，苏格拉底和耶稣，都是被判处死刑的。不同的是，耶稣几乎未经审判，在混乱中被钉上了十字架，苏格拉底则是按照雅典民主制的法律程序，经过了正式的审判，然后被处死的。耶稣受难日成了世世代代基督徒的神圣日子，苏格拉底受难日却从来没有人纪念。这倒不奇怪，这位哲学烈士是不能被神化的，除了像他那样爱智慧之外，别无纪念的方式。

海涅有一首诗，写他梦见自己做了天主，天使们围绕着他，赞美他的诗艺，请他吃糖果糕点。可是，他觉得这种天堂生活无聊透顶，便决定利用天主的权力让自己开心一番。于是，他显示奇迹，让柏林城里下起柠檬汁的雨，街沟里流着上等葡萄酒，然后看那些假绅士们拥到街上，对着水沟牛饮，把马路舔得干干净净。他们心里想的是：这样的奇迹不会天天发生的。

如果我做天主，我能想出什么样的恶作剧呢？如今，在我们这里，真绅士少，假绅士也少，多的是赤裸裸的自私和贪婪。如果显示海涅想出的那种奇迹，我不会看到相同的有趣场面，只会看到贪官和奸商勾结，恶警和地痞联手，封锁马路，垄断水沟，坐地分赃，甚至割据火并。

到处供奉财神爷，供奉福禄寿三神，世上有哪一个民族如此厚颜无耻地公开崇拜金钱，坦然于自己的贪婪？

恐怖主义的本质不是某种极端的政治、宗教或民族立场，而是不管从何种立场出发，把残杀无辜平民作为向敌对者申述其立场的手段。采用这种手段的当然是敌对双方中处于劣势的一方，但我们决不能因此而给予任何同情，而必须毫不含糊地宣布一切此种行为皆是非正义的，反人类的。问题的严重性在于，比起和真正的敌人战斗来，杀害平民过于容易，因此这种卑鄙的做法很容易被仿效。恐怖主义一旦在世界上许多地区得逞，它就不会有国界，必然蔓延开来。所以，无人对它可以袖手旁观。

名人面对公众的两种姿态：作秀，即迎合公众的趣味，把自己打扮成讨人喜欢的样子；装蒜，即回避公众的审视，文过饰非，做出天真无辜的样子。

转型期中国社会的基本病症是权力与市场的结合，一方面导致权力的腐败，另一方面导致市场的无序。因此，唯有让权力退出市场，才能从根本上解决权力腐败和市场无序的问题。

在各色领袖中，三等人物恪守民主，显得平庸，二等人物厌恶民主，有强大的个人意志和自信心，一等人物超越民主，有一种大智慧和大宽容。

公园里，一个人迎面走来，正打着手机，和我擦身而过。我只听见了一句话："货到还要十天……"我忽然想到，对于有些人来说，生活的全部内容只是两个字：货和款。哪怕在风景美丽的公园里，他们也只说着这两个字，只做着这两件事。

某个存车处附近停了一些自行车，车胎全被扎了。我从这个现象中看到了法与非法的混淆不清。

沉默是一口井，这井里可能藏着珠宝，也可能一无所有。

孤独是因为内容独特而不能交流，孤僻却并无独特的内容，只是因为性格的疾病而使交流发生障碍。

通过自嘲，人把自己的弱点变成了特权。对于这特权，旁人不但不反感，而且乐于承认。

谁都是这样：逝去了的，永远不能追回；经历着的，又不愿放弃；留恋过去，却不肯用现在交换。

与平庸妥协往往是在不知不觉中完成的。心爱的人离你而去，你一定会痛苦。爱的激情离你而去，你却丝毫不感到痛苦，因为你的死去的心已经没有了感觉痛苦的能力。

一位朋友说："我觉得我总是处在两面镜子之间，那是我的两个自我。它们互相对映，无论朝哪一面看，镜像都是无限的，使我非常累。我常常问我的另一个自我：你究竟要我干什么？"

只有一面镜子的人是安宁的。两面镜子互不相干的人也是安宁的。而他，他自己便是自己的迷宫。

个人态度

在这个世界上，唯有孩子和女人最能使我真实，使我眷恋人生。

看见可爱的景物、东西或者女人，我就会喜欢，这喜欢是自然而然的，我不能也不想硬让自己不喜欢。但是，我喜欢了就够了，喜欢了就是了，我并不想得到什么，并不觉得因为我喜欢就有权利得到什么。

想到世上有这么多好书，我肯定来不及读完了，心中不禁悲哀。

人世间最让我留恋的，便是好书和好女人。

我的确没有野心，但有追求。就现在所得到的东西而言，外在的方面已远超过我的预期，内在的方面则还远不能使我满意。

当我做着自己真正想做的事情的时候，别人的褒贬是不重要的。对于我来说，不存在正业副业之分，凡是出自内心需要而做的事情都是我的正业。

我不是一个很自信的人，但我的自信恰好达到这个程度，使我能够不必在乎外来的封赐和奖赏。

我曾经也有过被虚荣迷惑的年龄，因为那时候我还没有看清事物的本质，尤其还没有看清我自己的本质。我感到现在我已经站在一个最合宜的位置上，它完全属于我，所有追逐者的脚步不会从这里经过。我不知道我是哪一天来到这个地方的，但一定很久了，因为我对它已经如此熟悉。

一个人单凭做自己喜欢做的事情就能确保衣食无忧，无须为生计去做不情愿的事，这真是人生莫大的幸运。我尝设想，倘若中国仍是从前的样子，个人的命运基本上取决于权力的大小和钩心斗角的胜负，我必定至今仍是一个倒霉蛋。所以，我真心感激市场经济。我不是为市场写作的，但是，市场的奇妙之处就在于，它给一个不是为它写作的人也提供了机会。

我早就养成了自主学习和工作的习惯，区别只在于，从前这遭到非议，现在却给我带来了名声，可见名声是多么表面的东西。如果没有这些名声，我就会停止我的工作了吗？当然不。这种为自己工作的习惯已经成为我的人格的一部分，把它除去，我倒真的就不是我了。

我的生活中充满了变故，每一变故都留下了深深的刻痕，而我却依然故我。毋宁说，我愈益是我了。我不相信生活环境的变化能彻底改变一个人，改变的只是外部形态，核心部分是难变的。

我突然想到，我这个不信神的人，其实是很有宗教感情的，常常不自觉地用末日审判的眼光来审视自己过去和现在的生活，为一切美好价值的毁灭而悲伤，也许这就是我常常感到忧愁的根源吧。

不过，事情仍无关乎道德。譬如一棵树，由于季节的变迁和自身的必然，那些枯萎的叶子迟早是要掉落的。如果树有知觉，它便会为这些枯落的叶子悲哀，但它无法阻止它们的掉落。

我的人生观若要用一句话概括，就是真性情。所谓真性情，一面是对个性和内在精神价值的看重，另一面是对外在功利的看轻。

问：在学者、作家、哲学家这些身份中，你认为自己更属于哪一种？

答：我更愿意把自己看作一个思想者和一个写作者。

问：你现在可说是名满天下，你自己如何对待你的名声？

答：顺其自然吧。名声永远是副产品，可有可无。过去我没有这些名声，也不觉得缺了什么。迟早有一天，人们会忘掉我，那时我也不会感到不安。

善演讲的人有三个特点，而我都缺乏。一是记忆力，名言佳例能够信手拈来，而我却连自己写的东西也记不住。二是自信心，觉得自己是个人物，老生常谈也能说得绘声绘色，而我却连深思熟虑过的东西说起来也没有信心。三是表现欲，一面对听众就来情绪，而我却一上台就心慌怯场。

每当我接到一张写满各种头衔的名片，我就惊愕自己又结识了一个精力超常的人，并且永远断绝了再见这个人的念头。

我的生活中没有用身份标示的目标，诸如院士、议员、部长之类。那些为这类目标奋斗的人，无论他们为挫折而焦虑，还是为成功而欣喜，我从他们身上都闻到同一种气味，这种气味使我不能忍受和他们在一起呆上三分钟。

极其自信者多半浅薄。对于那些在言行中表现出大使命感的人，我怀有本能的反感，一律敬而远之。据我分析，他们基本上属于两类人，一是尚未得逞的精神暴君，另一是有强烈角色感的社会戏子。和他们打交道，只会使我感到疲劳和无聊。

在我看来，真正的使命感无非是对自己选定并且正在从事的工作的一种热爱罢了。遇见这样的人，我的血缘本能就会把他们认作我的亲兄弟。

我在两种人面前最克制不住傲气，一是功名利禄之徒，二是自以为是之辈。

思　絮

究竟是时间在流逝，还是我在前行？

在日记里留下的是时光，还是我自己，抑或只是文字的癖好？

如果坚硬的牙齿也被时光磨损了，那么，柔软的内脏又怎么逃脱得了？

我的文字昨天令你感到新奇，今天令你感到亲切，明天会不会令你感到厌倦？

有一天，你迷失在我的无边的沉默了，没有一个男人能够找到你。

我强烈地感觉到，此生此世，与我最近的是人，与我最远的也是人。

当我在岸上伫望时，远逝的帆影最美。当我在海上飘荡时，港口的灯火最美。

把自己的缺点变成根据地。

葡萄成熟了，流着紫红色的血。

一群鸭子边叫唤边从我面前走过，我的头脑中冒出一个愚蠢的问题：去哪里？

轮船把离岸的忧愁和靠岸的痛苦都藏在心里。

肉体也有它的记忆。

太阳是一粒沙子。

一个人坚持一种习惯，比如节食、跑步、按时起居，也几乎可以算是有信仰了。

我不赶时髦，也不避时髦。

为延年益寿而万般小心，结果仍不免一死，究竟是否值得呢？

读书，写作，一切自己真正想做的事情，做的时候都是享受。但是，倘若限定了时间，用赶任务的心情去做，享受就变成了苦役。

我已经会开汽车，却仍然喜欢步行、骑车（倘若路途不太远的话），或者搭乘公共汽车（倘若不太拥挤的话），觉得那样是更加自由自在的，可以不必过于注意交通，让头脑继续享受沉思和遐想的快乐。

人生中有两种情形，我自己经历过，在别人那里也见得很多，渐渐习以为常了。可是，一旦我仔细地去想它们，就仍然会觉得不可思议。

第一种情形是，两个原本完全陌生的人，后来怎么竟会天天生活在一起，并且觉得谁也离不开谁了？

第二种情形是，两个天天生活在一起的人，后来怎么竟会又成陌生人，甚至永远不通消息了？

有时想一想不免感到奇怪，我这样一个从来被自己的上司看作需要好好教育的人，现在竟成了似乎能够教育广大人群的人。

下编

短章

社会性的质量

人性可分成生物性、社会性、精神性三个层次。社会性居中，实际上是前后两种属性的混合，是两端相互作用的产物。一方面，它是生物性的延伸，人们因生存的需要而结为社会，社会首先是一种基于利益的结合。另一方面，它是精神性的贯彻，一旦结为社会之后，人们就要在社会中实现理性的规划和精神价值的追求。

由此来看，社会性的质量是由生物性和精神性的质量决定的。人的自然本能和精神追求愈是受到充分尊重，就愈能建立起一个开放而先进的社会。反之，一个压制人的自然本能和精神追求的社会，其成员的社会品质势必是狭隘而落后的。中国儒家文化把全部注意力集中于建立一种社会伦理秩序，并以之压制人的肉体自由和精神自由，所成就的正是这样一种社会性。

个人也是如此。倘若就近观察，我们便会发现，那些产生了卓越社会影响的人物，他们多半拥有健康的生命本能和崇高的精神追求。

两种人性的单纯

人性的单纯来自自然。有两种人性的单纯，分别与两种自然相对应。第一种是原始的单纯，与原始的物质性的自然相对应。儿童的生命刚从原始的自然中分离出来，未开化人仍生活在原始的自然之中，他们的人性都具有这种原始的单纯。第二种是超越的单纯，与超越的精神性的自然相对应。一切精神上的伟人，包括伟大的圣徒、哲人、诗人，皆通过信仰、沉思或体验而与超越的自然有了一种沟通，他们的人性都具有这种超越的单纯。

在两种自然之间，在人性的两种单纯之间，隔着社会和社会关系。社会的作用一方面使人脱离了原始的自然，另一方面又会阻止人走向超越的自然。所以，大多数人往往在失去了原始的单纯之后，却不能获得超越的单纯。

社会是一个使人性复杂化的领域。当然，没有人能够完全脱离社会而生活。但是，也没有人必须为了社会放弃自己的性灵生活。对于那些精神本能强烈的人来说，节制社会交往和简化社会关系乃是自然而然的事情。正因为如此，他们才能够越过社会的壁障而走向伟大的精神目标。

丰富的单纯

对于心的境界，我所能够给出的最高赞语就是：丰富的单纯。这大致上属于一种极其健康生长的情况：一方面，始终保持儿童般的天性，所以单纯；另一方面，天性中蕴涵的各种能力得到了充分的发展，所以丰富。我所知道的一切精神上的伟人，他们的心灵世界无不具有这个特征，其核心始终是单纯的，却又能够包容丰富的情感、体验和思想。

与此相反的境界是贫乏的复杂。这是那些平庸的心灵，它们被各种人际关系和利害计算占据着，所以复杂，可是完全缺乏精神的内涵，所以又是一种贫乏的复杂。

除了这两种情况外，也许还有贫乏的单纯，不过，一种单纯倘若没有精神的光彩，我就宁可说它是简单而不是单纯。有没有丰富的复杂呢？我不知道，如果有，那很可能是一颗魔鬼的心吧。

敬畏自然

在对待自然的态度上，现在大概不会有人公开赞成掠夺性的强盗行径了。但是，同为主张善待自然，出发点仍有很大分歧。一派强调以人类为中心，从人类长远利益出发合理利用自然。另一派反对人类中心论，认为从根本上说，自然是一个应该敬畏的对象。我的看法是，两派都有道理，但说的是不同层次上的道理，而低层次的道理要服从高层次的道理。合理利用自然是科学，不管考虑到人类多么长远的利益，合理的程度多么高，仍然是科学，而科学必有其界限。生态不仅是科学问题，而且是伦理问题，正是伦理为科学规定了界限。

对于一切虔信的民族来说，敬畏自然乃是一个化为血肉的基本信念，我们应向他们学习这个基本信念。我们要记住，人是自然之子，在总体上只能顺应自然，不能征服和支配自然，无论人类创造出怎样伟大的文明，自然永远比人类伟大。我们还要记住，人诚然可以亲近自然，认识自然，但这是有限度的，自然有其不可接近和揭穿的秘密，各个虔信的民族都把这秘密称作神，我们应当尊重这秘密。

城里的孩子没有童年

一个人的童年，最好是在乡村度过。一切的生命，包括植物、动物、人，归根到底来自土地，生于土地，最后又归于土地。上帝对亚当说："你是用尘土造的，你还要归于尘土。"

在乡村，那刚来自土地的生命仍能贴近土地，从土地汲取营养。童年是生命蓬勃生长的时期，而乡村为它提供了充满同样蓬勃生长的生命的环境。农村孩子的生命不孤单，它有许多同伴，它与树、草、野兔、家畜、昆虫进行着无声的谈话，它本能地感到自己属于大自然的生命共同体。

相比之下，城里孩子的生命就十分孤单，远离了土地和土地上丰富的生命，与大自然的生命共同体断了联系。在一定意义上，城里孩子是没有童年的。

今天的孩子已经越来越没有童年。到各地走走，你会发现到处都在兴建雷同的城镇，千篇一律的商厦和水泥马路取代了祖先们修筑的土墙和小街，田野和村庄正在迅速消失。孩子们在这样一种环境中成长，压根儿没有过同大自然亲近的经验和对土地的记忆，因而也很难在他们身上唤起对大自然的真正兴趣了。

有一位作家写到，她曾带几个孩子到野外去看月亮和海，可是孩子们对月亮和海毫无兴趣，心里惦记着的是及时赶回家去，不要误了他们喜欢的一个电视节目。

与万物交谈

人习惯于以万物的主人自居，而把万物视为自己认知和利用的对象。海德格尔把这种对待事物的方式称作技术的方式。在这种方式统治下，自然万物都失去了自身的丰富性和本源性，缩减成了某种可以满足人的需要的功能，只剩下了功能化的虚假存在。他呼吁我们摆脱技术方式的统治，与万物平等相处。

其实，这也是现代许多诗性哲人的理想。在摆脱了认知和被认知、利用和被利用的关系之后，人不再是主体，物不再是客体，而都成了宇宙大家庭中的平等成员。那时候，一切存在者都回到了存在的本来状态，都在用自己的语言说话。尼采曾用诗意的语言描绘这种境界："这里一切存在的语言和语言宝库向我突然打开；这里一切存在都想变成语言，一切生成都想从我学习言谈。"

在观赏者眼中，再美的花也只是花而已。唯有当观赏停止、交流和倾听开始之时，花儿才会对你显灵和倾谈。

海的真相

在不同的人眼里，海呈现不同的面目。对于靠海为生的渔民来说，它是最熟悉的亲人和最危险的对手。对于远离故国的游子来说，它是乡愁。对于诗人来说，它是自由的元素。对于一般旅游者来说，它是风景。对于遇险者来说，它是死亡。

在不同的时刻，海也呈现不同的面目。它时而波澜不惊，时而恶浪滔天。

在我眼里，海是一个窗口，我从中瞥见了世界的本来面目。

看海，必须是独自一人。和别人在一起时，看不见海的真相。那海滩上嬉水的人群，那身边亲密的同伴，都会成为避难所，你的眼光和你的心躲在里面，逃避海的威胁。你必须无处可逃，听凭那莫名的力量把你吞灭，时间消失，空间消失，人类消失，城市和文明消失，你自己也消失，或者和海变成了一体，融入了千古荒凉之中。

瞥见了海的真相的人不再企图谈论海，因为他明白了康德说的道理：用人类理性发明的语词只能谈论现象，不能谈论世界的本质。

人类生活的永恒核心

在人的生活中，有一些东西是可有可无的，有了也许增色，没有也无损本质，有一些东西则是不可缺的，缺了就不复是生活。什么东西不可缺，谁说都不算数，生养人类的大自然是唯一的权威。例如，自然规定了生命离不开阳光和土地，因此，生活在高楼蔽天的城市迷宫里，不管室内设施多么豪华，肯定是生活质量的降低而非提高。又例如，自然规定了人类必须繁衍，亲情是种族延续的纽带，因此，无论是为事业还是为享乐，独身、不育、有家不归都不是正常的生活状态。最基本的生活内容原是最平凡的，但正是它们构成了人类生活的永恒核心。

现代人活得太热闹了，我总怀疑热闹的背后是空虚。当然，生活的形相是千姿百态的，混迹都市、追逐功名、叱咤风云也都是生活，不一定要隐居山林。但是，太热闹的生活始终有一个危险，就是被热闹所占有，渐渐误以为热闹就是生活，热闹之外别无生活，最后真的只剩下了热闹，没有了生活。

感受生命的奇迹

生命是宇宙间的奇迹，它的来源神秘莫测。按照自然科学的假说，它是地球上物质化学反应的产物，或者是外星的来客。按照基督教的信仰，它是上帝的创造。在生命起源的问题上，我们只有假说和信仰。情况恐怕只能如此，宇宙间自有人类理性不可解开的秘密。

不过，在我看来，生命究竟是自然的产物，还是上帝的创造，这并不重要。重要的是用你的心去感受这奇迹。于是，你便会懂得欣赏大自然中的生命现象，用它们的千姿百态丰富你的心胸。于是，你便会善待一切生命，从每一个素不相识的人，到一头羚羊，一只昆虫，一棵树，从心底里产生万物同源的亲近感。于是，你便会怀有一种敬畏之心，敬畏生命，也敬畏创造生命的造物主，不管人们把它称作神还是大自然。

珍爱生命

生命是我们最珍爱的东西，它是我们所拥有的一切的前提，失去了它，我们就失去了一切。生命又是我们最忽略的东西，我们对于自己拥有它实在太习以为常了，而一切习惯了的东西都容易被我们忘记。因此，人们在道理上都知道生命的宝贵，实际上却常常做一些损害生命的事情，抽烟，酗酒，纵欲，不讲卫生，超负荷工作，等等。因此，人们为虚名浮利而忙碌，却舍不得花时间来让生命本身感到愉快，来做一些实现生命本身的价值的事情。

往往是当我们的生命真正受到威胁的时候，我们才幡然醒悟，生命的不可替代的价值才凸现在我们的眼前。但是，有时候醒悟已经为时太晚，损失已经不可挽回。

我们应该时时想到，每一个人对于自己的生命，第一有爱护它的责任，第二有享受它的权利。这两方面是统一的。在我看来，世上有两种人对自己的生命最不知爱护也最不善享受，其一是工作狂，其二是纵欲者，他们其实是在以不同的方式透支和榨取生命。

开展生命教育的迫切性

当今社会上，许多人对生命抱冷漠的态度，苛待和残害生命的现象相当严重。举其显著者，例如：医院认钱不认人，见死不救，恶性医疗事故屡有发生，医疗腐败之所以最遭痛恨，正是因为直接威胁了广大人群生命的权利；矿难频繁，贪官和不法矿主互相勾结，为牟取暴利而置工人的生命于不顾；假药、伪劣食品横行，非法美容业猖獗，不断造成损害性后果；某些执法者、准执法者乃至非执法者滥用私刑，草菅人命；交通肇事者扔下受害人逃逸，甚至故意拖、压受害人致死；翻开报纸，几乎每天都有凶杀案的报道，其中一些作案缘由之微小与一条命的价值惊人地不相称。

尤其令人担忧的是，冷漠的病菌也侵蚀了孩子们的心灵，校园暴力、青少年凶杀犯罪的案例明显增多。与此同时，孩子们对自己的生命也不知珍惜，中学生、大学生、研究生自杀成了多发现象。

当然，上述现象的原因是复杂的，不能单靠教育来解决。但是，也不能缺少教育。有必要把生命教育作为公民教育的重要内容，从孩子开始，培育生命尊严的意识，善待自己的生命，也善待一切生命。

生命是最基本的价值

生命是最基本的价值。一个最简单的事实是，每个人只有一条命。在无限的时空中，再也不会有同样的机会，所有因素都恰好组合在一起，来产生这一个特定的个体了。一旦失去了生命，没有人能够活第二次。同时，生命又是人生其他一切价值的前提，没有了生命，其他一切都无从谈起。

由此得出的一个当然的结论是，对于每一个人来说，生命是最珍贵的。因此，对于自己的生命，我们当知珍惜，对于他人的生命，我们当知关爱。

上述道理似乎是不言而喻的。可是，仔细想一想，我们真的珍惜自己的生命和关爱他人的生命了吗？有些人一辈子只把自己当作了赚钱或赚取其他利益的机器，何尝把自己当作生命来珍惜。有些人更是只用利害关系的眼光估量一切他人的价值，何尝有过一个生命对其他一切生命的深切关爱的体验。

所以，在我看来，生命的价值仍是一个需要启蒙的话题。

倾听生命自身的声音

生命原是人的最珍贵的价值。可是，在当今的时代，其他种种次要的价值取代生命成了人生的主要目标乃至唯一目标，人们耗尽毕生精力追逐金钱、权力、名声、地位等等，从来不问一下这些东西是否使生命获得了真正的满足，生命真正的需要是什么。

生命原是一个内容丰富的组合体，包含着多种多样的需要、能力、冲动，其中每一种都有独立的存在和价值，都应该得到实现和满足。可是，现实的情形是，多少人的内在潜能没有得到开发，他们的生命早早地就纳入了一条狭窄而固定的轨道，并且以同样的方式把自己的子女也培养成片面的人。

我们不可避免地生活在一个功利的世界上，人人必须为生存而奋斗，这一点决定了生命本身的要求在一定程度上遭到忽视的必然性。然而，我们可以也应当减少这个程度，为生命争取尽可能大的空间。

在市声尘嚣之中，生命的声音已经久被遮蔽，无人理会。现在，让我们都安静下来，每个人都向自己身体和心灵的内部倾听，听一听自己的生命在说什么，想一想自己的生命究竟需要什么。

不失性命之情

在中国传统哲学中，最重视生命价值的学派应是道家。《淮南王书》把这方面的思想概括为“全性保真，不以物累形”，庄子也一再强调要“不失其性命之情”、“任其性命之情”，相反的情形则是“丧己于物，失性于俗者，谓之倒置之民”。

很显然，在庄子看来，物欲与生命是相敌对的，被物欲控制住的人是与生命的本性背道而驰的，因而是颠倒的人。

自然赋予人的一切生命欲望皆无罪，禁欲主义最没有道理。我们既然拥有了生命，当然有权享受它。但是，生命欲望和物欲是两回事。一方面，生命本身对于物质资料的需要是有限的，物欲绝非生命本身之需，而是社会刺激起来的。另一方面，生命享受的疆域无比宽广，相比之下，物欲的满足就太狭窄了。因此，那些只把生命用来追求物质的人，实际上既怠慢了自己生命的真正需要，也剥夺了自己生命享受的广阔疆域。

生命观与人生意义

最近有一所学校开展生命教育，让我题词，我写了三句话：热爱生命是幸福之源；同情生命是道德之本；敬畏生命是信仰之端。

这三句话，表达了我对生命观与人生意义之关系的看法。人生的意义，在世俗层次上即幸福，在社会层次上即道德，在超越层次上即信仰，皆取决于对生命的态度。

幸福是对生命的享受，对生命种种美好经历的体验，当然要以热爱生命为前提。哀莫大于心死，一个人内在生命力枯竭，就不会再有什么事情能使他感到幸福了。

孟子说："恻隐之心，仁之端也。"亚当·斯密说：同情是道德的根源，由之产生两种基本美德，即正义和仁慈。可见中西大哲皆认为，道德是建立在生命与生命的互相同情之基础上的。同样，道德之沦丧，起于同情心之死灭。

基督教相信生命来自神，佛教不杀生。其实，不必信某一宗教，面对生命的奇迹，敬畏之心油然而生是最自然而然的事情。泰戈尔说："我的主，你的世纪，一个接着一个，来完成一朵小小的野花。"这已经就是信仰了。相反，对生命毫无敬畏之心的人，必与信仰无缘。

利己和同情

西哲认为，利己是人的本能，对之不应作道德的判断，只可因势利导。同时，人还有另一种本能，即同情。同情是以利己的本能为基础的，由之出发，推己及人，设身处地替别人想，就是同情了。自己觉得不利的事情，也不对别人做，这叫做正义，相当于孔子所说的“己所不欲，勿施于人”。自己觉得有利的事情，也让别人享受到，这叫做仁慈，相当于孔子所说的“己欲立而立人，己欲达而达人”。

在这里，利己和同情两者都不可缺。没有利己，对自己的生命麻木，便如同石头，对别人的生命必冷漠。只知利己，不能推己及人，没有同情，便如同禽兽，对别人的生命必冷酷。

中国儒家也强调同情，但往往否定利己，使得推己及人失去了基础。在这方面，荀子比较正确，认为好利恶害是君子小人之所同，区别在求利之道不同，可惜他的见解少被采纳。同时，儒家的推己及人也有毛病，“能近取譬”限于宗法关系，使得仁蜕变为父子关系的孝，进而蜕变为君臣关系的忠。于是，以同情为出发点的儒家伦理竟演化成了血淋淋的三纲，君命臣死，臣不得不死，在专制权力面前，一切生命的价值都等于零。

灵与肉的奇妙结合

我爱美丽的肉体。然而，使肉体美丽的是灵魂。如果没有灵魂，肉体只是一块物质，它也许匀称，丰满，白皙，但不可能美丽。美从来不是一种纯粹的物理属性，人的美更是如此。当我们看见一个美人时，最吸引我们的是光彩和神韵，而不是颜色和比例。那种徒然长着一张漂亮脸蛋的女人尤其男人最让人受不了，由于他们心灵的贫乏，你会觉得他们的漂亮多么空洞，甚至多么愚蠢。

我爱自由的灵魂。然而，灵魂要享受它的自由，必须依靠肉体。如果没有肉体，灵魂只是一个幽灵，它不再能读书，听音乐，看风景，不再能与另一颗灵魂相爱，不再有生命的激情和欢乐，自由对它便毫无意义。因为这个理由，我对宗教所宣称的灵魂不死始终引不起兴趣，觉得那即使是可能的，也没有多大意思。在我心目中的天堂里，不可没有肉体。

所以，我真正爱的不是分开的灵魂和肉体，而是灵与肉的奇妙结合。正是在这结合中，灵魂和肉体实现了各自的价值。

情欲的卑贱和伟大

叔本华说：人有两极，即生殖器和大脑，前者是盲目的欲望冲动，后者是纯粹的认识主体。对应于太阳的两种功能，生殖器是热，使生命成为可能，大脑是光，使认识成为可能。

很巧妙的说法，但多少有些贬低了性的意义。

人有生殖器，使得人像动物一样，为了生命的延续，不得不受欲望的支配和折磨。用自然的眼光看，人在发情、求偶、交配时的状态与动物并无本质的不同，一样缺乏理智，一样盲目冲动，甚至一样不堪入目。在此意义上，性的确最充分地暴露了人的动物性一面，是人永远属于动物界的铁证。

但是，让我们设想一下，如果人只有大脑，没有生殖器，会怎么样呢？没有生殖器的希腊人还会为了绝世美女海伦打仗，还会诞生流传千古的荷马史诗吗？没有旺盛的情欲，还会有拉斐尔的画和歌德的诗吗？总之，姑且假定人类能无性繁殖，倘若那样，人类还会有艺术乃至文化吗？在人类的文化创造中，性是不可或缺的角色，它的贡献绝不亚于大脑。

所以，情欲既是卑贱的，把人按倒在兽性的尘土中，又是伟大的，把人提升到神性的天堂上。性是生命之门，上帝用它向人喻示了生命的卑贱和伟大。

性是自然界的一大神秘

在各民族的原始巫术和神话中，性都是主要的崇拜对象。一切宗教秘仪都与性有着不解之缘。对这些现象用迷信一言以蔽之，未免太肤浅。

生物学用染色体的差异解释性别的来由，但它解释不了染色体的差异缘何发生。性始终是自然界的一大神秘。

无论生为男人，还是生为女人，我们都身在这神秘之中。可是，人们却习以为常了。想一想情窦初开的日子吧，那时候我们刚刚发现一个异性世界，心中洋溢着怎样的惊喜啊。而现在，我们尽管经历了男女之间的一些事情，对那根本的神秘何尝有更多的了解。

对于神秘，人只能惊奇和欣赏。一个男人走向一个女人，一个女人走向一个男人，即将发生的不仅是两个人的相遇，而且是两个人各自与神秘的相遇。在一切美好的两性关系中，不管当事人是否意识到，对性的神秘感都占据着重要的位置。没有了这种神秘感，一个人在异性世界里无论怎样如鱼得水，所经历的都只是一些物理事件罢了。

差异中倾注了上帝的灵感

在创世第六天，上帝的灵感达于顶峰，创造了最奇妙的作品——男人和女人。

然而，这些被造物今天却陷入了无聊的争论。

有一些极端的女权主义者竭力证明，男人和女人之间并无任何重要的差异，仅仅因为社会的原因，这些差异被夸大了，造成了万恶的性别歧视。

还有一些人——有男人也有女人——承认两性之间在生理上和心理上存在着差异，但热衷于评判这些差异，争论哪一性更优秀，上帝更宠爱谁。

我对所有这些争论都感到隔膜。

人们怎么看不到，上帝的杰作不是单独的某一性，而正是两性的差异，这差异里倾注了造物主的全部奇思妙想。一个领会了上帝的灵感的人才不理睬这种争论呢，他宁愿把两性的差异本身当作神的礼物，怀着感恩之心来欣赏和享用。

欣赏另一半

超出一切性别论争的一个事实是，自有人类以来，男女两性就始终互相吸引和寻找，不可遏止地要结合为一体。对于这个事实，柏拉图的著作里有一种解释：很早的时候，人都是双性人，身体像一只圆球，一半是男一半是女，后来被从中间劈开了，所以每个人都竭力要找回自己的另一半，以重归于完整。我曾经认为这种解释太幼稚，而现在，听多了现代人的性别论争，我忽然领悟了它的深刻的寓意。

寓意之一：无论是男性特质还是女性特质，孤立起来都是缺点，都造成了片面的人性，结合起来便都是优点，都是构成健全人性的必需材料。譬如说，如果说男性刚强，女性温柔，那么，只刚不柔便成脆，只柔不刚便成软，刚柔相济才是韧。

寓意之二：两性特质的区分仅是相对的，从本原上说，它们并存于每个人身上。一个刚强的男人也可以具有内在的温柔，一个温柔的女人也可以具有内在的刚强。一个人在人性上越是全面，就越善于在异性身上认出和欣赏自己的另一半。相反，那些为性别优劣争吵不休的人，容我直说，他们的误区不只在理论上，真正的问题很可能出在他们的人性已经过于片面化了。借用柏拉图的寓言来说，他们是被劈开得太久了，以至于只能僵持于自己的这一半，认不出自己的另一半了。

最优秀的男女是雌雄同体的

我认为，不应该否认两性心理特征的差异。大致而论，在气质上，女性偏于柔弱，男性偏于刚强，在智力上，女性偏于感性，男性偏于理性。当然，这种区别决不是绝对的。事实上，许多杰出人物是集两性的优点于一身的。然而，其前提是保持本性别的优点。丢掉这个前提，譬如说，直觉迟钝的女人，逻辑思维混乱的男人，就很难优秀。

柏拉图的寓言告诉我们：两性特质原本就并存于每个人身上，因此，一个人越是蕴含异性特质，在人性上就越丰富和完整。

也许，在一定意义上，最优秀的男女都是雌雄同体的，既赋有本性别的鲜明特征，又巧妙地揉进了另一性别的优点。大自然仿佛要通过他们来显示自己的最高目的——阴与阳的统一。

女性是永恒的象征

如果一定要在两性之间分出高低，我相信老子的话，“牝常以静胜牡”，“柔弱胜刚强”。也就是说，守静、柔弱的女性比冲动、刚强的男性高明。

老子也许是世界历史上最早的女性主义者，他一贯旗帜鲜明地歌颂女性，最典型的是这句话：“谷神不死，是谓玄牝。玄牝之门，是谓天地根。”翻译成白话便是：空灵、神秘、永恒，这就是奇妙的女性，女性生殖器是天地的根源。注家一致认为，老子是在用女性比喻“道”即世界的永恒本体。那么，在老子看来，女性与道在性质上是最为接近的。

无独有偶，歌德也说：“永恒的女性，引我们上升。”细读《浮士德》原著可知，歌德的意思是说，“永恒”与“女性”乃同义语，在我们所追求的永恒之境界中，无物消逝，一切既神秘又实在，恰似女性一般圆融。

在东西方这两位哲人眼中，女性都是永恒的象征，女性的伟大是包容万物的。

大自然把生命孕育和演化的神秘过程安置在女性身体中，此举非同小可，男人当知敬畏。与男性相比，女性更贴近自然之道，她的存在更为圆融，更有包容性，男人当知谦卑。

爱造就丰富

爱造就丰富的人生。正是通过亲情、性爱、友爱等等这些最具体的爱，我们才不断地建立和丰富了与世界的联系。深深地爱一个人，你借此所建立的不只是与这个人的联系，而且也是与整个人生的联系。一个从来不曾深爱过的人与人生的联系是十分薄弱的，他在这个世界上生活，但他会感觉到自己只是一个局外人。爱的经历决定了人生内涵的广度和深度，一个人的爱的经历越是深刻和丰富，他就越是深入和充分地活了一场。

如果说爱的经历丰富了人生，那么，爱的体验则丰富了心灵。不管爱的经历是否顺利，所得到的体验对于心灵都是宝贵的收入。因为爱，我们才有了观察人性和事物的浓厚兴趣。因为挫折，我们的观察便被引向了深邃的思考。一个人历尽挫折而仍葆爱心，正证明了他在精神上足够富有，所以输得起。在这方面，耶稣是一个象征，拿撒勒的这个穷木匠一生宣传和实践爱的教义，直到被钉上了十字架仍不改悔，因此而被世世代代的基督徒信奉为精神上最富有的人，即救世主。

情爱价值的取舍

如果你有一个相当美满的家庭，你是否就知足了呢？以世俗的标准衡量，你是应该知足了。然而，有时候，你仍会羡慕独身的生活，有充分的自由，那肯定动荡得多，但也似乎丰富得多。你可以和许多不同的异性有亲密的接触，会有许多不同的体验，如此等等。当然，在那种情形下，你会失去现在的平静生活，也不再能够享受家庭的温馨。但是，和一份平静的生活相比，体验的多样性和丰富性不是人生更重要的价值吗？

可是，换一个角度看，专一而持久的婚爱，在此种婚爱呵护下的家庭乐趣和亲子之爱，难道不也是人生最美好的体验之一吗？我们根据什么来比较这两种不同体验的价值呢？

我相信，这类难题始终会在任何一个活跃的心智中潜伏着。

有没有两全之法呢？我认为基本上没有。所以，这归根到底是一个选择的问题，你更看重哪一种价值，你就只好在很大程度上舍弃另一种价值。

婚姻中的利益考虑

婚姻当然应该以爱情为基础，但是，在现实生活中，人们很难做到把爱情作为婚姻选择上的唯一考虑。一起过日子是非常实际的事情，除了爱情之外，不能不有一些实际的考虑，包括经济上的适当保障。

富婆找能干的穷雇员，大款找美貌的贫家女，这都没有什么大不了，因为他们反正不愁吃穿，与金钱相比，别的东西显得更有价值。可是，让一个尚在为生存奋斗的妙龄女子和一个她喜欢的穷困潦倒的书生结婚，她有所顾忌就是合乎情理的了。没有人乐意陪一个倒霉蛋过一辈子。如果她终于下了决心，很可能是寄希望于书生日后的境遇会改善。或者，一种很小的可能是，她认定书生是一个天才，愿意终身贫贱相守。

我想说的是，利益的考虑在婚姻中占有一定地位，这是正常的。只是万事都有一个度，如果利益成了主要的甚至唯一的考虑，正常就变成庸俗了。如果进而很有心计地把婚姻当作谋取利益的手段，庸俗就变成卑鄙了。遗憾的是，在当今社会中，后两种情形大为增加了。

尼采的鞭子

尼采一生中只有一次真正坠入了情网，热烈地爱上了一个比他小 18 岁的姑娘，名叫莎乐美。我们现在仍能看到一张照片，照片上，尼采和莎乐美的另一个追求者保尔·勒埃在并肩拉一辆牛车，而莎乐美则侧身站在牛车上，手执一根鞭子。据说，这个画面是尼采设计的，他认为如此才准确地反映了三人的真实关系——两个男人俯首甘为一个女人的牛。

几个月后，尼采开始写《查拉图斯特拉如是说》一书，书中有一句名言："你到女人那里去吗？不要忘了带你的鞭子。"

此话写在失恋之后。莎乐美拒绝了尼采的求爱，并且断绝了与他的来往。甘愿在心爱的女人鞭打下做一头驾车的牛，此愿未遂，便相反朝全世界的女人扬起了鞭子。那么，哲学家的眼光是否含了太多一己的恩怨？或者，我们可否假设，尼采甘居轭下只是一时情感的冲动，即使他的求爱终于被接受，婚后生活的平庸仍会使他举起他的著名的鞭子？

原罪的故事

读《旧约》中人类原罪的故事，我读出了下面几个道理：

其一，上帝禁止我们的祖先吃智慧果的理由是："免得你们死。"蛇诱惑他们吃智慧果的理由是："你们不一定死，因为上帝知道，在你们吃下这些果子那天，眼睛就会明亮，你们便和上帝一样知善恶。"撒谎的是谁呢？显然是上帝。因为的确"不一定死"，如果亚当和夏娃在吃了智慧果以后接着再吃生命树上的果子的话，但是上帝不许，便把他们赶出了伊甸园。而蛇则说了实话，吃下了智慧果以后，亚当和夏娃确实心明眼亮了。

其二，夏娃首先接受了蛇的诱惑，吃下智慧果，然后又拿给她的丈夫吃。历来人们都以此证明女人比男人更容易受诱惑，天性更堕落，对于男人是祸根。可是这个故事告诉我们的明明是，女人比男人更早慧，而男人是在女人的帮助下才获得智慧的。

其三，吃了智慧果以后，亚当和夏娃的第一个发现是对裸体害羞。由此可见，智慧的觉醒与性觉醒是密切相关的。在人类文化的发展中，性的羞耻心始终扮演着一个重要的角色。性的羞耻心不只意味着禁忌和掩饰，它更来自对于差异的敏感、兴奋和好奇。在个体发育中，我们同样可以看到，性的羞耻心的萌发是与个人心灵生活的丰富化过程微妙地交织在一起的。

人生的坐标

每一个人的人生都面临许多可能性，也都只能实现其中也许很少一部分可能性。实现多少和哪些可能性，实现到什么程度，因人而异。这不仅取决于机会，也取决于目标的定位。目标的定位，需要有坐标。坐标分两类，一是功利性的，一是精神性的。只有功利性坐标的人，生活得实际，但他的人生其实是很狭隘也很单调的。相反，精神性坐标面向人生整体，一个人有了这样的坐标，虽然也只能实现人生有限的可能性，但其余一切丰富的可能性仍始终存在，成为他的人生的理想的背景和意义的来源。

面前纵横交错的路，每一条都通往不同的地点。那心中只有一个物质目标而没有幻想的人，一心一意走在其中的一条上，其余的路对于他等于不存在。那心中有幻想而没有任何目标的人，漫无头绪地尝试着不同的路线，结果也许只是在原地转圈子。那心中既有幻想又有精神目标的人，他走在一切可能的方向上，同时始终是走在他自己的路上。

“定力”从何而来

人世间充满诱惑。诱惑无非两类，一是色，二是利。在诱惑面前放任自己，纵情声色，追逐名利，当然也是一种生活。不过，一个人倘若性灵不灭，迟早会觉得这样的生活未免空虚。然而，即使有了这个觉悟，诱惑依然存在，难以做到不为所动。

人之所以被色和利所惑，是因为有欲望。因此，为了抵御诱惑，似乎必须克制乃至灭绝欲望。我总觉得这种办法是消极的，常常也是无效的，原因就在于违背基本人性。积极的办法不是压抑低级欲望，而是唤醒、发展和满足高级欲望。我所说的高级欲望指人的精神需要，它也是人性的组成部分。人一旦品尝到和陶醉于更高的快乐，他面对形形色色的较低快乐的诱惑就自然有了“定力”。

“定力”不是修炼出来的，它直接来自你所过的生活对于你的吸引力。我的确感到，天下最快乐的事情，一是和自己喜欢的人在一起，享受爱情、亲情和友情，另一是做自己喜欢做的事，对于我便是读书和写作。能够获得这两种快乐，乃是人生的两大幸运。所以，也可以说，我的“定力”来自我的幸运。

摆脱日常生活的惰性

日常生活是有惰性的。身边的什物，手上的事务，很容易获得一种支配我们的力量，夺走我们的自由。我们应该经常跳出来想一想，审视它们是否真正必要。

许多东西，我们之所以觉得必需，只是因为我们已经拥有它们。当我们清理自己的居室时，我们会觉得每一样东西都有用处，都舍不得扔掉。可是，倘若我们必须搬到一个小屋去住，只允许保留很少的东西，我们就会判断出什么东西是自己真正需要的了。那么，我们即使有一座大房子，又何妨用只有一间小屋的标准来限定必需的物品，从而为美化居室留出更多的自由空间？

许多事情，我们之所以认为必须做，只是因为我们已经把它们列入了日程。如果让我们凭空从其中删除某一些，我们会难做取舍。可是，倘若我们知道自己已经来日不多，只能做成一件事情，我们就会判断出什么事情是自己真正想做的了。那么，我们即使还能活很久，又何妨用来日不多的标准来限定必做的事情，从而为享受生活留出更多的自由时间？

保持内在的从容

今天人们都活得很匆忙，仿佛被什么东西驱赶着。事实上，匆忙往往是出于逼迫。如果说穷人和悲惨的人是受了贫穷和苦难的逼迫，那么，忙人则是受了名利和责任的逼迫。名利也是一种贫穷，欲壑难填的痛苦同样具有匮乏的特征，而名利场上的角逐同样充满生存斗争式的焦虑。至于说到责任，可分三种情形，一是出自内心的需要，另当别论，二是为了名利而承担的，可以归结为名利，三是既非内心自觉，又非贪图名利，完全是职务或客观情势所强加的，那就与苦难相差无几了。所以，一个忙人很可能是一个心灵上的穷人和悲惨的人。

在我看来，即使是出自内心需要的匆忙也并不可取。无论你多么热爱自己的事业，也无论你的事业是什么，你都应该为自己保留一个开阔的心灵空间，一种内在的从容和悠闲。唯有在这个心灵空间中，你才能把你的事业作为你的生命果实来品尝。如果没有这个空间，你永远忙碌，你的心灵永远被与事业相关的各种事务所充塞，那么，不管你在事业上取得了怎样的外在成功，你都只是损耗了你的生命而没有品尝到它的果实。

一天的难处一天担当

“你们不要为明天忧虑，明天自有明天的忧虑；一天的难处一天担当就够了。”耶稣有一些很聪明的教导，这是其中之一。

中国人喜欢说：人无远虑，必有近忧。这当然也对。不过，远虑是无穷尽的，必须适可而止。有一些远虑，可以预见也可以预作筹划，不妨就预作筹划，以解除近忧。有一些远虑，可以预见却无法预作筹划，那就暂且搁下吧，车到山前自有路，何必让它提前成为近忧。还有一些远虑，完全不能预见，那就更不必总是怀着一种莫名之忧，自己折磨自己了。总之，应该尽量少往自己的心里搁忧虑，保持轻松和光明的心境。

一天的难处一天担当，这样你不但比较轻松，而且比较容易把这难处解决。道理很简单：你可以把你的力量集中起来对付今天的难处，不受种种远虑的无谓牵扯。相反，如果你把今天、明天以及后来许多天的难处都担在肩上，你不但沉重，而且可能连一个难处也解决不了。

神圣的休息日

上帝在西奈山向摩西传十诫，其第四诫是：第七日必须休息，守为圣日。他甚至下令，凡第七日工作者格杀勿论。

未免太残忍了。

不过，我们不妨把这看作寓言，其寓意是：闲暇和休息也是神圣的。

试想一下，如果没有休息日，人类永远埋头劳作，会成为怎样没头脑的一种东西。休息日给川流不息的日子规定了一个长短合宜的节奏，周期性地把我们的身体从劳作中解脱出来，同时也把我们的心智从功利中解脱出来，实为赐福人生之美事。

休息是神圣的，因为闲暇是生命的自由空间。只是劳作，没有闲暇，人会丧失性灵，忘掉人生之根本。这岂不就是渎神？所以，对于一个人人匆忙赚钱的时代，摩西第四诫是一个必要的警告。

当然，工作同样是神圣的。无所作为的懒汉和没头没脑的工作狂乃是远离神圣的两极。创造之后的休息，如同创世后第七日的上帝那样，这时我们最像一个神。

励什么样的志

现在书店里充斥着所谓励志类书籍，其中也许有好的，但许多是垃圾。这些垃圾书的内容无非是两类，一是教人如何在名利场上拼搏，发财致富，出人头地，二是教人如何精明地处理人际关系，讨上司或老板欢心，在社会上吃得开。偏是这类东西似乎十分畅销，每次在书店看到它们堆放在最醒目的位置上，满眼是“经营自我”、“人生策略”、“致富圣经”之类庸俗不堪的书名，我就为这个时代感到悲哀。

“自我”原是代表每一个人最独特的禀赋和价值，认识和实现“自我”一直被视为人生的目的，现在它竟成了一个要经营的对象，亦即谋利的手段。说到“人生”，历来强调的是人生理想，现在“策略”取而代之，把人生由心灵旅程变成了功利战场。“圣经”一词象征最高真理，现在居然明目张胆地把致富宣布为最高真理了。这些语词的搭配本身已是一种亵渎，表明我们的时代急功近利到了何等地步。

励志没有什么不好，问题是励什么样的志。完全没有精神目标，一味追逐世俗的功利，这算什么“志”，恰恰是胸无大志。

成功是优秀的副产品

在确定自己的人生目标时，“成功”一词出现的频率最高。人人都向往成功，没有人愿意自己一生事业无成，碌碌无为，这无可非议。但是，把成功作为首选，却是值得商榷的。我认为，首要的目标应该是优秀，其次才是成功。

所谓优秀，是指一个人的内在品质，有高尚的人格和真实的才学。一个优秀的人，即使他在名利场上不成功，他仍能有充实的心灵生活，他的人生仍是充满意义的。相反，一个平庸的人，即使他在名利场上风光十足，他也只是在混日子，至多是混得好一些罢了。

事实上，一个人倘若真正优秀，而时代又不是非常糟，他获得成功的机会还是相当大的。即使生不逢辰，或者运气不佳，也多能在身后得到承认。

优秀者的成功往往是大成功，远非那些追名逐利之辈的渺小成功可比。人类历史上一切伟大的成功者都出自精神上优秀的人之中，不管在哪一个领域，包括创造财富的领域，做成伟大事业的绝非钻营之徒，而必是拥有伟大人格和智慧的人。

一个人能否成为优秀的人，基本上是可以自己做主的，能否在社会上获得成功，则在相当程度上要靠运气。所以，应该把成功看作优秀的副产品，不妨在优秀的基础上争取它，得到了最好，得不到也没有什么。在根本的意义上，作为一个人，优秀就已经是成功。

及早找到最适合自己的领域

我相信，从理论上说，每一个人的禀赋和能力的基本性质是早已确定的，因此，在这个世界上必定有一种最适合他的事业，一个最适合他的领域。当然，在实践中，他能否找到这个领域，从事这种事业，不免会受客观情势的制约。但是，自己应该有一种自觉，尽量缩短寻找的过程。在人生的一定阶段上，一个人必须知道自己是怎样的人，到底想要什么了。

世界无限广阔，诱惑永无止境，但属于每一个人的现实可能性终究是有限的。你不妨对一切可能性保持着开放的心态，因为那是人生魅力的源泉，但同时你也要早一些在世界之海上抛下自己的锚，找到最适合自己的领域。老子说："不失其所者久。"一个人不论伟大还是平凡，只要他顺应自己的天性，找到了自己真正喜欢做的事，并且一心把自己喜欢做的事做得尽善尽美，他在这世界上就有了牢不可破的家园。于是，他不但会有足够的勇气去承受外界的压力，而且会有足够的清醒来面对形形色色的机会的诱惑。

"三十而立"解

孔子说："三十而立。"我对此话的理解是：一个人在进入中年的时候，应该确立起生活的基本信念了。所谓生活信念，第一是做人的原则，第二是做事的方向。也就是说，应该知道自己在这个世界上要做怎样的人，想做怎样的事了。

一个人年轻时，外在因素——包括所遇到的人、事情和机会——对他的生活信念会发生较大的影响。但是，在达到一定年龄以后，外在因素的影响就会大大减弱。那时候，如果他已经形成自己的生活信念，外在因素就很难再使之改变，如果仍未形成，外在因素也就很难再使之形成了。

当然，"三十"不是一个硬指标，孔子毕竟是圣人，一般人也许晚一些。但是，"立"与不"立"是硬道理，无人能够回避。一个人有了"立"，才真正成了自己人生的主人。那些永远不"立"之人诚然也在生活，不过，对于他们的生活，可用一个现成的词形容，叫做"混"。这样的人不该再学孔子的口气说"三十而立"，最好改说"三十而混"。

生命质量的两个基本要素

衡量一个人生命质量的高低，可以有许多标准。在一切标准之中，我始终不放过两个最重要的标准，一是看他有无健康的生命本能，二是看他有无崇高的精神追求。在我看来，这是生命质量的两个基本要素。没有健康的生命本能，萎靡不振，表明生命质量低下。没有崇高的精神追求，随波逐流，也表明生命质量低下。

我所说的健康的生命本能，不是医学意义上的健康或不生病，而是指一种内在的活力，生命力的旺盛和坚韧，对生命的热爱。这种品质与身体好坏没有直接关系，在一些多病甚至残疾的人身上也可见到。相反，有些体格强壮的人，内在的生命力却可能十分乏弱。

这两个要素其实是密切关联、互相依存的，生命本能若无精神的目标是盲目的，精神追求若无本能的发动是空洞的。它们的关系犹如土壤和阳光，一株植物唯有既扎根于肥沃的土壤，又沐浴着充足的阳光，才能茁壮地生长。

幸福和运气

无人能完全支配自己在世间的遭遇，其中充满着偶然性，因为偶然性的不同，运气分出好坏。有的人运气特别好，有的人运气特别坏，大多数人则介于其间，不太好也不太坏。谁都不愿意运气特别坏，但是，运气特别好，太容易地得到了想要的一切，是否就一定好？恐怕未必。他们得到的东西是看得见的，但也许因此失去了虽然看不见却更宝贵的东西。天下幸运儿大抵浅薄，便是证明。

我所说的幸运儿与成功者是两回事。真正的成功者必定经历过苦难、挫折和逆境，绝不是只靠运气好。

运气好与幸福也是两回事。一个人唯有经历过磨难，对人生有了深刻的体验，灵魂才会变得丰富，而这正是幸福的最重要源泉。如此看来，我们一生中既有运气好的时候，也有运气坏的时候，恰恰是最利于幸福的情形。现实中的幸福，应是幸运与不幸按适当比例的结合。

在设计一个完美的人生方案时，人们不妨海阔天空地遐想。可是，倘若你是一个智者，你就会知道，最美妙的好运也不该排除苦难，最耀眼的绚烂也要归于平淡。

原来，完美是以不完美为材料的，圆满是必须包含缺憾的。最后你发现，上帝为每个人设计的方案无须更改，重要的是能够体悟其中的意蕴。

不满足的人比满足的猪幸福

常有人问我：不去想那些人生的大问题，岂不可以活得快乐一些？

我想用英国哲学家约翰·穆勒的话来回答：不满足的人比满足的猪幸福，不满足的苏格拉底比满足的傻瓜幸福。

人和猪的区别就在于，人有灵魂，猪没有灵魂。苏格拉底和傻瓜的区别就在于，苏格拉底的灵魂醒着，傻瓜的灵魂昏睡着。灵魂生活开始于不满足。不满足什么？不满足于像动物那样活着。正是在这不满足之中，人展开了对意义的寻求，创造了丰富的精神世界。

中国古话说：知足常乐。这也对。智者的特点正在于，在物质生活上很容易知足，却又绝对不满足于仅仅过物质生活。相反，正如伊壁鸠鲁所说，凡不能满足于少量物资的人，再多的物质也不会使他们满足。

那么，何以见得不满足的人比满足的猪幸福呢？穆勒说，因为前者的快乐更丰富，但唯有兼知两者的人才能做出判断。也就是说，如果你是一头满足的猪，跟你说了也白说。我不是骂任何人，因为我相信，每个人身上都藏着一个不满足的苏格拉底。

检验人的素质的一个尺度

按照马斯洛的著名理论，人的需要从低到高呈金字塔结构，依次为生理需要，安全需要，社交需要，受尊敬的需要，自我实现的需要。其中，第一、二项是生物性需要，第三、四项是社会性需要，第五项是精神性需要。我们也可以更笼统地把人的需要分为物质需要和精神需要两项。

一般来说，如果较低的需要尚未得到满足，较高的需要就难以显现出来。一个还必须为生存挣扎的人，我们无权责备他没有崇高的精神追求。

可是，在较低的需要得到满足以后，较高的需要是否就一定显现出来呢？事实告诉我们未必。有一些人，他们所拥有的物质条件已经远远超过生存所需，达到了奢侈的水平，却依然沉醉在物质的享乐和追逐之中，没有显现出任何精神需要的迹象。

也许，对人的需要结构还可以作另一种描述。比如说，如果把每个人的潜在需要的总和看作一个常量，那么，其中物质与精神之间的比例便非常不同。物质需要所占比例越小，就越容易满足，精神需要也就越容易显现并成为主导的需要。相反，如果物质需要所占比例很大甚至覆盖全部，就难免欲壑难填永无满足之日了。

人的潜在需要结构的这种差异也就是人的素质的差异。姑且不论这种差异的成因，我们至少得到了一个尺度：在生存需要能够基本满足之后，是物质欲望仍占上风，继续膨胀，还是精神欲望开始上升，渐成主导，一个人的素质由此可以判定。

可持续的快乐

我最讨厌那种说教，什么“少壮不努力，老大徒悲伤”，什么“吃得苦中苦，方为人上人”，仿佛青少年时期的全部价值就在于为将来的成功而苦苦奋斗。依我看，“少壮不享乐，老大徒懊丧”至少也是成立的。倘若一个人在少壮时并非因为生活所迫而只知吃苦，拒绝享受，到年老力衰时即使成了人上人，却丧失了享受的能力，那又有什么意思呢。

但是，快乐不应该是单一的，短暂的，完全依赖外部条件的，而应该是丰富的，持久的，能够靠自己创造的，否则结果仍是不快乐。所以，我主张可持续的快乐，要使快乐本身不但是快乐，而且具有生长的能力，能够生成新的更多的快乐。青少年时期是心智最活泼的时期，也是心智趋于定型的时期。在这个时期，一个人倘若能够通过读书、思考、欣赏艺术和大自然等等充分领略心灵的快乐，形成一个丰富的内心世界，他在自己的身上就拥有了一个永不枯竭的快乐源泉。这个源泉将滋润整个人生，使他即使在艰难困苦之中仍拥有人类最高级的快乐。在我看来，这是一个人可能在青少年时期获得的最重大成就。

钱和生活质量

金钱是衡量生活质量的指标之一。一个起码的道理是，在这个货币社会里，没有钱就无法生存，钱太少就要为生存操心。贫穷肯定是不幸，而金钱可以使人免于贫穷。

在一定限度内，钱的增多还可以提高生活质量，改善衣食住行及医疗、教育、文化、旅游等各方面的条件。但是，请注意，是在一定限度内。超出了这个限度，金钱对于生活质量的作用就呈递减的趋势。原因就在于，一个人的身体构造决定了他真正需要和能够享用的物质生活资料终归是有限的，多出来的部分只是奢华和摆设。我认为，基本上可以用小康的概念来标示上面所说的限度。从贫困到小康是物质生活的飞跃，从小康再往上，金钱带来的物质生活的满足就逐渐减弱了，直至趋于零。单就个人物质生活来说，一个亿万富翁与一个千万富翁之间不会有什么差别，钱超过了一定数量，便只成了抽象的数字。

至于在提供积极的享受方面，金钱的作用就更为有限了。人生最美好的享受都依赖于心灵能力，是钱买不来的。钱能买来名画，买不来欣赏，能买来色情服务，买不来爱情，能买来豪华旅游，买不来旅程中的精神收获。金钱最多只是我们获得幸福的条件之一，但永远不是充分条件，永远不能直接成为幸福。

奢华不但不能提高生活质量，往往还会降低生活质量，使人耽于物质享受，远离精神生活。只有在那些精神素质极好的人身上，才不会发生这种情况，而这又只因为他们其实并不在乎物质享受，始终把精神生活看得更重要。

快乐与钱无关

人们往往以为，钱越多快乐就越多。这真是天大的误会。钱太少，不能维持生存，这当然不行。排除了这种情况，我可以断定，钱与快乐之间并无多少联系，更不存在正比例关系。

一对夫妇在法国生活，他们有别墅和花园，最近又搬进了更大的别墅和更大的花园。可是，他们告诉我，新居带来的快乐，最强烈的一次是二十年前在国内时，住了多年集体宿舍，单位终于分给一套一居室，后来住房再大再气派，也没有这样的快乐了。其实，许多人有类似的体验。问那些穷苦过的大款，他们现在经常吃山珍海味，可有过去吃到一顿普通的红烧肉快乐，回答必是否定的。由此可见，伊壁鸠鲁说得对：快乐较多依赖于心理，较少依赖于物质。

快乐与花钱多少无关。有时候，花掉很多钱，结果并不快乐。有时候，花很少的钱，买到情人喜欢的一件小礼物，孩子喜欢的一个小玩具，自己喜欢的一本书，就可以很快乐。得到也是如此。我收到的第一笔稿费只有几元钱，但当时快乐的心情远超过现在收到几千元的稿费。

金钱只能带来有限的快乐，却可能带来无限的烦恼。一个看重钱的人，挣钱和花钱都是烦恼，他的心被钱占据，没有给快乐留下多少余地了。天下真正快乐的人，不管他钱多钱少，都必是超脱金钱的人。

可怕的不是钱，是贪欲

人们常把金钱称作万恶之源，照我看，这是错怪了金钱。钱本身在道德上是中性的，谈不上善恶。毛病不是出在钱上，而是出在对钱的态度上。可怕的不是钱，而是贪欲，即一种对钱贪得无厌的占有态度。当然，钱可能会刺激起贪欲，但也可能不会。无论在钱多钱少的人中，都有贪者，也都有不贪者。所以，关键还在人的素质。

贪与不贪的界限在哪里？我这么看：一个人如果以金钱本身或者它带来的奢侈生活为人生主要目的，他就是一个被贪欲控制了的人；相反，不贪之人只把金钱当作保证基本生活质量的手段，或者，在这个要求满足以后，把金钱当作实现更高人生理想的手段。

贪欲首先是痛苦之源。正如爱比克泰特所说："导致痛苦的不是贫穷，而是贪欲。"苦乐取决于所求与所得的比例，与所得大小无关。以钱和奢侈为目的，钱多了终归可以更多，生活奢侈了终归可以更奢侈，争逐和烦恼永无宁日。

其次，贪欲不折不扣是万恶之源。在贪欲的驱使下，为官必贪，有权在手就拼命纳贿敛财，为商必奸，有利可图就不惜草菅人命。贪欲可以使人目中无法纪，心中无良知。今日社会上腐败滋生，不义横行，皆源于贪欲膨胀，当然也迫使人们叩问导致贪欲膨胀的体制之弊病。

贪欲使人堕落，不但表现在攫取金钱时的不仁不义，而且表现在攫得金钱后的纵欲无度。对金钱贪得无厌的人，除了少数守财奴，多是为了享乐，而他们对享乐的唯一理解是放纵肉欲。基本的肉欲是容易满足的，太多的金钱就用来在放纵上玩花样，找刺激，必然的结果是生活糜烂，禽兽不如。

做钱的主人，不做钱的奴隶

有的人是金钱的主人，无论钱多钱少都拥有人的尊严。有的人是金钱的奴隶，一辈子为钱所役，甚至被钱所毁。

判断一个人是金钱的奴隶还是金钱的主人，不能看他有没有钱，而要看他对金钱的态度。正是当一个人很有钱的时候，我们能够更清楚地看出这一点来。一个穷人必须为生存而操心，我们无权评判他对钱的态度。

做金钱的主人，关键是戒除对金钱的占有欲，抱一种不占有的态度。也就是真正把钱看作身外之物，不管是已到手的还是将到手的，都与之拉开距离，随时可以放弃。只有这样，才能在金钱面前保持自由的心态，做一个自由人。凡是对钱抱占有态度的人，他同时也就被钱占有，成了钱的奴隶，如同古希腊哲学家彼翁在谈到一个富有的守财奴时所说："他并没有得到财富，而是财富得到了他。"

哲学家与钱财

苏格拉底说：一无所需最像神。第欧根尼说：一无所需是神的特权，所需甚少是类神之人的特权。这可以说是哲学家的共同信念。多数哲学家安贫乐道，不追求也不积聚钱财。有一些哲学家出身富贵，为了精神的自由而主动放弃财产，比如古代的阿那克萨戈拉和现代的维特根斯坦。

哲学家之所以对钱财所需甚少，是因为他们认为，钱财所能带来的快乐是十分有限的。如同伊壁鸠鲁所说：更多的钱财不会使快乐超过有限的钱财已经达到的水平。他们之所以有此认识，又是因为他们品尝过了另一种快乐，心中有了一个比较。正是与精神的快乐相比较，物质所能带来的快乐显出了它的有限，而唯有精神的快乐才可能是无限的。

因此，智者的共同特点是：一方面，因为看清了物质的快乐的有限，最少的物质就能使他们满足；另一方面，因为渴望无限的精神的快乐，再多的物质也不能使他们满足。

古罗马哲学家塞涅卡是另一种情况，身为宫廷重臣，他不但不拒绝，而且享尽荣华富贵。不过，在享受的同时，他内心十分清醒，用他的话来说便是："我把命运女神赐予我的一切——金钱，官位，权势——都搁置在一个地方，我同它们保持很宽的距离，使她可以随时把它们取走，而不必从我身上强行剥走。"他说到做到，后来官场失意，权财尽失，乃至性命不保，始终泰然自若。

财富观的进步

财富是我们时代最响亮的一个词，上至政治领袖，下至平民百姓，包括知识分子，都在理直气壮地说这个词了。过去不是这样，传统的宗教、哲学和道德都是谴责财富的，一般俗人即使喜欢财富，也羞于声张。公开讴歌财富，是资本主义造就的新观念。

不过，我们应当仔细分辨，这一新的财富观究竟新在哪里。按照韦伯的解释，资本主义精神的特点就在于，一方面把获取财富作为人生的重要成就予以鼓励，另一方面又要求节制物质享受的欲望。这里的关键是把财富的获取和使用加以分离了，获取不再是为了自己使用，在获取时要敬业，在使用时则要节制。很显然，新就新在肯定了财富的获取，只要手段正当，发财是光荣的。在财富的使用上，则继承了历史上宗教、哲学、道德崇尚节俭的传统，不管多么富裕，奢侈和挥霍仍是可耻的。

那么，怎样使用财富才是光荣的呢？既然不应该用于自己（包括子孙）消费，当然就只能是回报社会了，民间公益事业因之而发达。事实上，在西方尤其美国的富豪中，前半生聚财、后半生散财已成惯例。在获取财富时，一个个都是精明的资本家，在使用财富时，一个个仿佛又都成了宗教家、哲学家和道德家。当老卡耐基说出“拥巨资而死者以耻辱终”这句箴言时，你不能不承认他的确有一种哲人风范。

就中国目前的情况而言，发展民间公益事业的条件也许还不很成熟。但是，有一个问题是成功的企业家所共同面临的：钱多了以后怎么办？是仍以赚钱乃至奢侈的生活为唯一目标，还是使企业的长远目标、管理方式、投资方向等更多地体现崇高的精神追求和社会使命感，由此最能见出一个企业家素质的优劣。如果说能否赚钱主要靠头脑的聪明，那么，如何花钱主要靠灵魂的高贵。也许企业家没有不爱钱的，但是，一个好的企业家肯定还有远胜于钱的所爱，那就是有意义的人生和有理想的事业。

最高的物质幸福

“和平是人类社会最高的物质幸福，就像健康是个人最高的物质幸福一样。”——在这个崇尚金钱和财富的时代，我要一再向人们推荐托尔斯泰的这句至理名言。

托尔斯泰在这里仅限于谈“物质幸福”。健康与和平都具有物质性，前者是个人机体的状态，后者是人类社会机体的状态。看来他并不否认金钱和财富是物质幸福，但否认它们是最高的物质幸福。其实道理很简单。在一个时刻遭受战争和恐怖主义的威胁的世界上，经济再发达又有什么用？如果一个人的生命机能被彻底毁坏了，钱再多又有什么用？

然而，许多人偏偏忘记了如此简单的道理，不但把金钱和财富看作最高的物质幸福，甚至看作唯一的幸福，不顾一切地追求。结果，毁掉的是个人和人类一切幸福的基础——健康与和平。

套用托尔斯泰的话，我想说：我在物质上的最高奢望就是，在一个和平的世界上，有一个健康的身体，过一种小康的日子。在我看来，如果天下绝大多数人都能过上这种日子，那就是一个非常美好的世界了。

对自己的人生负责

每个人在世上都只有活一次的机会，没有任何人能够代替他重新活一次。如果这唯一的一次人生虚度了，也没有任何人能够真正安慰他。认识到这一点，我们对自己的人生怎么能不产生强烈的责任心呢？在某种意义上，人世间各种其他的责任都是可以分担或转让的，唯有对自己的人生的责任，每个人都只能完全由自己来承担，一丝一毫依靠不了别人。

一个不知对自己的人生负有什么责任的人，他甚至无法弄清他在世界上的责任是什么。许多人对责任的关系是完全被动的，他们之所以把一些做法视为自己的责任，不是出于自觉的选择，而是由于习惯、时尚、舆论等原因。譬如说，有的人把偶然却又长期从事的某一职业当作了自己的责任，从不尝试去拥有真正适合自己本性的事业。有的人看见别人发财和挥霍，便觉得自己也有责任拼命挣钱花钱。有的人十分看重别人尤其上司对自己的评价，谨小慎微地为这种评价而活着。由于他们不曾认真地想过自己的人生使命究竟是什么，在责任问题上也就必然是盲目的了。

最根本的责任心

我把对自己的人生负责视为最根本的责任心，理由就在于，它是其余一切责任心的根源。一个人唯有对自己的人生负责，建立了真正属于自己的人生目标和生活信念，他才可能由之出发，自觉地选择和承担起对他人和社会的责任。正如歌德所说："责任就是对自己要求去做的事情有一种爱。"因为这种爱，所以尽责本身就成了生命意义的一种实现，就能从中获得心灵的满足。相反，我不能想象，一个不爱人生的人怎么会爱他人和爱事业，一个在人生中随波逐流的人怎么会坚定地负起生活中的责任。实际情况往往是，这样的人把尽责不是看作从外面加给他的负担而勉强承受，便是看作纯粹的付出而索求回报。

我相信，如果一个人能对自己的人生负责，那么，在包括婚姻和家庭在内的一切社会关系上，他对自己的行为都会有一种负责的态度。如果一个社会是由这样对自己的人生负责的成员组成的，这个社会就必定是高质量的有效率的社会。

拥有“自我”

哲学家们常常教导我们，要“认识你自己”，“成为你自己”。的确，人活在世上，应该活出自己的本色。然而，“自我”是一个复杂的概念，哲学家们自己尚且争论不清。

一个人怎样才算拥有“自我”呢？我认为有两个可靠的标志。

一是看他有没有自己的真兴趣，亦即自己安身立命的事业，他能够全身心地投入其中，并感到内在的愉快和充实。如果有，便表明他正在实现“自我”，这个“自我”是指他的个性，每个人独特的生命价值。

二是看他有没有自己的真信念，亦即自己处世做人的原则，那是他的精神上的坐标轴，使他在俗世中不随波逐流。如果有，便表明他拥有“自我”，这个“自我”是指他的灵魂，一个坚定的精神核心。

这两种意义上的“自我”都不是每个人一出生就拥有的，而是在人生过程中不断选择和创造的结果。正因为此，每个人都要为自己成为怎样的人负责。

解读“性格就是命运”

古希腊哲人赫拉克利特说：“一个人的性格就是他的命运。”这句话包含两层意思：一、对于每一个人来说，性格是与生俱来、伴随终身的，永远不可摆脱，如同不可摆脱命运一样；二、性格决定了一个人在此生此世的命运。

那么，能否由此得出结论，说一个人命运的好坏是由天赋性格的好坏决定的呢？我认为不能，因为天性无所谓好坏，因此由之决定的命运也无所谓好坏。明确了这一点，可知赫拉克利特的名言的真正含义是：一个人应该认清自己的天性，过最适合于他的天性的生活，而对他而言这就是最好的生活。

一个灵魂在天外游荡，有一天通过某一对男女的交合而投进一个凡胎。他从懵懂无知开始，似乎完全忘记了自己的本来面目。但是，随着年岁和经历的增加，那天赋的性质渐渐显露，使他不自觉地对生活有一种基本的态度。在一定意义上，“认识你自己”就是要认识附着在凡胎上的这个灵魂，一旦认识了，过去的一切都有了解释，未来的一切都有了方向。

赫拉克利特的名言也常被翻译成：“一个人的性格就是

他的守护神。”的确，一个人一旦认清了自己的天性，知道自己究竟是什么人，他也就知道自己究竟要什么了，如同有神守护一样，不会在喧闹的人世间迷失方向。

成为自己的朋友

有人问古希腊哲学家芝诺："谁是你的朋友?"他回答："另一个自我。"

人生在世，不能没有朋友。在所有朋友中，不能缺了最重要的一个，那就是自己。缺了这个朋友，一个人即使朋友遍天下，也只是表面的热闹而已，实际上他是很空虚的。

一个人是否是自己的朋友，有一个可靠的测试标准，就是看他能否独处，独处是否感到充实。如果他害怕独处，一心逃避自己，他当然不是自己的朋友。

能否和自己做朋友，关键在于有没有芝诺所说的"另一个自我"。它实际上就是一个人的更高的自我，这个自我以理性的态度关爱着那个在世上奋斗的自我。理性的关爱，这正是友谊的特征。有的人不爱自己，一味自怨，仿佛自己的仇人。有的人爱自己而没有理性，一味自恋，俨然自己的情人。在这两种场合，更高的自我都是缺席的。

成为自己的朋友，这是人生很高的成就。塞涅卡说，这样的人一定是全人类的朋友。蒙田说，这比攻城治国更了不起。我只想补充一句：如此伟大的成就却是每一个无缘攻城治国的普通人都有希望达到的。

与自己谈话的能力

有人问犬儒派创始人安提斯泰尼，哲学给他带来了什么好处，回答是："与自己谈话的能力。"

我们经常与别人谈话，内容大抵是事务的处理、利益的分配、是非的争执、恩怨的倾诉、公关、交际、新闻等等。独处的时候，我们有时也在心中说话，细察其内容，仍不外上述这些，因此实际上也是在对别人说话，是对别人说话的预演或延续。我们真正与自己谈话的时候是十分稀少的。

要能够与自己谈话，必须把心从世俗事务和人际关系中摆脱出来，回到自己。这是发生在灵魂中的谈话，是一种内在生活。

与自己谈话的确是一种能力，而且是一种罕见的能力。有许多人，你不让他说凡事俗务，他就不知道说什么好了。他只关心外界的事情，结果也就只拥有仅仅适合于与别人交谈的语言了。这样的人面对自己当然无话可说。可是，一个与自己无话可说的人，难道会对别人说出什么有意思的话吗？哪怕他谈论的是天下大事，你仍感到是在听市井琐闻，因为在里面找不到那个把一切联结为整体的核心，那个照亮一切的精神。

认识你自己

“认识你自己!”——这是铭刻在希腊圣城德尔斐神殿上的著名箴言，希腊和后来的哲学家喜欢引用来规劝世人。

对这句箴言可作三种理解。

其一，人要有自知之明。有人问泰勒斯，什么是最困难之事，回答是：“认识你自己。”接着的问题：什么是最容易之事？回答是：“给别人提建议。”这位最早的哲人显然是在讽刺世人，世上有自知之明者寥寥无几，好为人师者比比皆是。苏格拉底更进一步，从这句箴言中看到了神对人的要求，就是人应该知道自己的限度，承认自己在宇宙最高秘密面前是无知的。“我知道我一无所知”——因为这句话，他被德尔斐神谕称作全希腊最智慧的人。

其二，每个人身上都藏着人性的秘密，都可以通过认识自己来认识人性。事实上，自古至今，一切伟大的人性认识者都是真诚的反省者，他们无情地把自己当作标本，借之反而对人性有了深刻而同情的理解。

其三，每个人都是一个独一无二的个体，都应该认识自己独特的禀赋和价值，从而自我实现，真正成为自己。

多听少说

希腊哲人大多讨厌饶舌之徒。泰勒斯说："多言不表明有才智。"喀隆说："不要让你的舌头超出你的思想。"斯多噶派的芝诺说："我们之所以有两只耳朵而只有一张嘴，是为了让我们多听少说。"一个青年向他滔滔不绝，他打断说："你的耳朵掉下来变成舌头了。"

每当遇到一个夸夸其谈的人，我就不禁想起芝诺的讽刺。世上的确有一种人，嘴是身上最发达的器官，无论走到哪里，几乎就只带着这一种器官，全部生活由说话和吃饭两件事构成。

多听当然不是什么都听，还须善听。对于思想者来说，听只是思的一种方式。他听书中的先哲之言，听自己的灵魂，听天籁，听无忌的童言。

少言是思想者的道德，唯有少言才能多思。舌头超出思想，那超出的部分只能是废话。如果你珍惜自己的思想，在表达的时候也必定会慎用语言，以求准确有力，让最少的话包含最多的内容。

为自己写的日记

看托尔斯泰日记。他在新婚九个月时写道："我自己喜欢并且了解的我，那个有时整个地暴露、叫我高兴也叫我害怕的我，如今在哪里？我成了一个渺小的微不足道的人。自从我娶了我所爱的女人以来，我就是这样一个人。这个本子里写的东西几乎全是谎言、虚伪。一想到她此刻就在我身后看我写东西，就减少了、破坏了我的真实性……为了她（她会看我的日记）我倒不是不写真话，而是在许多可写的东西中间进行挑选，选出那些单为我自己我不会去写的东西。"

非常准确，这也正是我的感觉。一本单为自己写的日记几乎是保持自我的真实性的必要条件。尤其是一个过家庭生活的人，为了维护家庭的安宁，为了照顾亲人的情绪，言行中的某种克制是不可避免的。然而，如果在日记中、在心灵的独白中也如此克制，那就是虚伪了，最后一个真实的机会也就丧失了。这当然与爱不爱无关，在再爱的人面前也不可能时时处处袒露一切真实心绪和想法，往往会选出那些她终究还能接受的东西来写，而舍弃了她不能接受的东西。

心灵土壤

在人类的精神土地的上空，不乏好的种子。那撒种的人，也许是神，大自然的精灵，古老大地上的民族之魂，也许是创造了伟大精神作品的先哲和天才。这些种子的确有数不清的敌人，包括外界的邪恶和苦难，以及我们心中的杂念和贪欲。然而，最关键的还是我们内在的悟性。唯有对于适宜的土壤来说，一颗种子才能作为种子而存在。再好的种子，落在顽石上也只能成为鸟的食粮，落在浅土上也只能长成一株枯苗。对于心灵麻木的人来说，一切神圣的启示和伟大的创造都等于不存在。

基于这一认识，我相信，不论时代怎样，一个人都可以获得精神生长的必要资源，因为只要你的心灵土壤足够肥沃，那些神圣和伟大的种子对于你就始终是存在着的。所以，如果你自己随波逐流，你就不要怨怪这是一个没有信仰的时代了吧。如果你自己见利忘义，你就不要怨怪这是一个道德沦丧的时代了吧。如果你自己志大才疏，你就不要怨怪这是一个精神平庸的时代了吧。如果你的心灵一片荒芜，寸草不长，你就不要怨怪害鸟啄走了你的种子，毒日烤焦了你的幼苗了吧。

那么，一个人有没有好的心灵土壤，究竟取决于什么呢？我推测，一个人的精神疆土的极限，心灵土质的特异类型，很可能是由天赋的因素决定的。因此，譬如说，像歌德和贝多芬那样的古木参天的原始森林般的精神世界，或者像王尔德和波德莱尔那样的奇花怒放的精巧园艺般的精神世界，绝非一般人凭努力就能够达到的。但是，心灵土壤的肥瘠不会是天生的。不管上天赐给你多少土地，它们之成为良田沃土还是荒田瘠土，多半取决于你自己。所以，我们每一个人都应当留心开垦自己的心灵土壤，让落在其上的好种子得以生根开花，在自己的内心培育出一片美丽的果园。谁知道呢，说不定我们自己结出的果实又会成为新的种子，落在别的适宜的土壤上，而我们自己在无意中也成了新的撒种人哩。

永远不成熟的人

托尔斯泰曾经谈到，每个年轻人都会经历一个不成熟时期，这时候他们不考虑实际利益而生活在精神世界里，立志探索和制定正确的生活准则。这个时期的长短因人而异。

实际生活的需要使得大多数人很快就停止探索，按照社会上现成的不完善的准则去行动了，也就是说，变成熟了。有的人永远不成熟，他们在实际生活中就会碰壁，因为“在世上傻子比聪明人更顺利”。

我由此想到，有两种人永远不成熟：白痴和天才。换一种说法，以常人的眼光看，有两种人不正常：低能者和超常者。这个区别基本上取决于禀赋。

不过，由于机遇的不幸，超常者的禀赋可能遭扼杀，而被混同于低能者。另一方面，历史上也不乏在处世方面成熟的天才，但他们往往有二重人格。

所谓成熟是指适应社会现成准则的能力。一般来说，一个人如果过于专注于精神世界里的探索，就会没有兴趣也没有精力去琢磨如何使自己适应社会。年龄的增长在这里是无济于事的，因为精神的探索永无止境，而且在这一条道路上走得越远的人，就越不可能回过头来补习处世的基础课程，就像我们无法让一个优秀的科学家回到小学课堂上来做一个好学生一样。

灵魂之杯

灵魂是一只杯子。如果你用它来盛天上的净水，你就是一个圣徒。如果你用它来盛大地的佳酿，你就是一个诗人。如果你两者都不肯舍弃，一心要用它们在你的杯子里调制出一种更完美的琼液，你就是一个哲学家。

每个人都拥有自己的灵魂之杯，它的容量很可能是确定的。在不同的人之间，容量会有差异，有时差异还非常大。容量极大者必定极为稀少，那便是大圣徒、大诗人、大哲学家，上帝创造他们仿佛是为了展示灵魂所可能达到的伟大。

不过，我们无须去探究自己的灵魂之杯的容量究竟有多大。在一切情形下，它都不会超载，因为每个人所分配到的容量恰好是他必须付出毕生努力才能够装满的。事实上，大多数杯子只装了很少的水或酒，还有许多杯子直到最后仍是空着的。

两种不同的梦

有两种不同的梦。

第一种梦，它的内容是实际的，譬如说，梦想升官发财，梦想娶一个倾国倾城的美人，梦想得诺贝尔奖金，等等。对于这些梦，弗洛伊德的定义是适用的：梦是未实现的愿望的替代。未实现不等于不可能实现，世上的确有人升了官发了财，娶了美人，得了诺贝尔奖金。这种梦的价值取决于是否变成现实，如果不能，我们就说它是不切实际的梦想。

第二种梦，它的内容与实际无关，因而不能用是否变成了现实来衡量它的价值。譬如说，陶渊明梦见桃花源，鲁迅梦见好的故事，但丁梦见天堂，或者作为普通人的我们梦见一片美丽的风景。这种梦不能实现也不需要实现，它的价值在其自身，做这样的梦本身就是享受，而记载了这类梦的《桃花源记》、《好的故事》、《神曲》本身便成了人类的精神财富。

我把第一种梦称作物质的梦，把第二种梦称作精神的梦。不能说做第一种梦的人庸俗，但是，如果一个人只做物质的梦，从不做精神的梦，说他庸俗就不算冤枉。如果整个人类只梦见黄金而从不梦见天堂，则即使梦想成真，也只是生活在铺满金子的地狱里而已。

卵石和顽石

一个女中学生给我写信，说到现在的教育制度固定了一种生存法则，使另一种生存方式难于存在了。接下来，让我抄录她的原话吧："卵石和顽石原先想去的是不同的地方，可通道只有一条，到最后顽石也莫名其妙到了卵石想去的地方，失去了自我，那它的挣扎到那时又有何意义呢？"

唉，这块可爱的小顽石，她自己也不知道她说得多么精彩！我应该怎样安慰她或者鼓励她呢？

我只好对她说：看一看贾宝玉这块顽石吧，贾政要他沿着科举制的通道去卵石们想去的地方，他不是并没有去吗？是真顽石，圆柱形通道也奈何不得它。结局也许是悲剧，但也不一定，因为时代毕竟不同了。

我不敢对她说：其实每一块卵石一开始都是顽石，是圆柱形通道里的挤压和摩擦使它们变成了卵石。

我更不敢对她说：在通道的终端，那不肯变圆滑的顽石甚至可能没有资格去卵石们去的地方，而会被当作废料淘汰掉。

怀念和追求

莎士比亚在《威尼斯商人》中说："世间任何事物，追求时的兴致总要比享用时的兴致浓烈。"又在《无事烦恼》中说："我们在享有某一件东西时，往往一点不看重它的好处，等到失掉它以后，却会格外夸张它的价值，发现拥有它时所看不出来的优点。"

如此看来，意义的源泉是追求和怀念，而不是拥有。拥有的价值，似乎仅在于它使追求有了一个目标，使怀念有了一个对象。拥有好像只是一块屏幕，种种色彩缤纷的影像都是追求和怀念投射在上面的。

其实，对于人性的这个特点，人们已经谈论得很多，而且往往把它看作弱点。的确，人这样地重难轻易、舍近求远，是不是太傻了？如果人更珍惜现在已经拥有的东西，更专注于眼下的享受，岂不能够生活得更加平静而快乐？

可是，换一个角度看，我倒觉得，这个特点恰恰也是人的优点，它表明人天生就是一种浪漫的动物。对于人来说，一切享受若没有想象力的参与，就不会是真正的享受。人的想象力总是要在单纯的物之上添加一些别的价值，那添加的部分实际上就是精神价值。

如果没有追求的激情在事前铺张，怀念的惆怅在事后演绎，直接的拥有必定是十分枯燥的。事实上，怀念和追求构成了我们的精神生活的基本内容。

“上帝”的含义

托尔斯泰说：“少数人需要一个上帝，因为他们除了上帝什么都有了，多数人也需要一个上帝，因为他们除了上帝什么都没有。”

话说得很漂亮。这句话可以换一种更明白的说法：少数人需要一个上帝，因为他们虽然什么都有了，但是如果没有上帝，有什么都是空的；多数人也需要一个上帝，因为他们虽然什么都没有，但是如果有上帝，就有希望拥有一切。

少数人和多数人，可以理解为富人和穷人。按此理解，上帝对于富人是奢侈品，对于穷人是唯一的安慰。富人和穷人，也可作精神上的理解。按此理解，上帝对于精神富有者是一切精神价值的终极保证，是不可缺少的信仰，对于精神贫困者是精神的鸦片，是必要的麻醉。

事实上，“上帝”只是一个符号，对于不同的人的确具有很不同的含义。托尔斯泰当然是一个精神上的富有者，他一辈子被上帝是否存在的问题困扰着，苦苦寻求着他自己的“上帝”。这个“上帝”不是一般基督徒所盲信的那个上帝，而是真正能够给困惑着他的全部人生之谜提供一个最后答案的源泉。他之所以要作此寻求，是因为他真切地感觉到，没有信仰的人是精神上的残疾，只能靠人为的设施生活，诸如娱乐、艺术、肉欲、名利、好奇、学问，而他决不愿意这样盲目地生活着。这个意义上的“上帝”其实就是人生的一种不证自明的最高原则，而托尔斯泰以及一切精神富有者的困惑便在于他们总是想去证明它。

人生思考者的痛苦和快乐

常常有青年问我：一个人不去想那些生啊死啊的人生大问题，岂不能够活得更快乐一些？我的回答是——

第一，想不想这类问题，不是自己可以选择的，基本上是由天生的禀赋决定的。那种已经在想这类问题的人，多半生性敏感而认真，有一颗多愁善感的心，偏偏还有一个爱追根究底的脑袋。他不是自己刻意要想，实在是身不由己，欲罢不能。所以，无论你怎样晓以利害，都无法让他停止去想。相反，另有一种人，哪怕你给他上一整套人生哲学课，他也未必真正去想。

第二，即使可以选择，想与不想，究竟哪一种情形算幸福，也要看用什么标准衡量。用约翰·穆勒的话说，一头满足的猪和一个不满足的人，究竟谁活得更快乐，答案是不该只由满足的猪来决定的。如果你从来不想那些人生的大问题，你诚然避免了想这类问题的人的痛苦，但你也领略不到想这类问题的人的快乐了。

野蛮的做法

今日的家长们似乎都深谋远虑，在孩子很小时就为他将来有一个好职业而奋斗了，为此拼命让孩子进重点学校和上各种课外班。从孩子这方面来说，便是从幼儿园开始就投入了可怕的竞争，从小学到大学一路走过去，为了拿到那张最后的文凭，不知要经受多少作业和考试的折磨。有道是：不能让我们的孩子输在起跑线上。可是，在我看来，这种教育方式恰好一开始就是输局了。身心不能自由健康地发展，只学得一些技能，将来怎么会有大出息呢？

一个人从童年、少年到青年，原是人生最美好也最重要的阶段，有其自身不可取代的价值，现在这个价值被完全抹杀了，其全部价值被归结为只是为将来谋职做准备。多么宝贵的童年和青春，竟为了如此渺小的一个目标做了牺牲。这种做法无疑是野蛮的。我不禁要问：这还是教育吗？教育究竟何为？

然而，现行教育体制以应试和急功近利为特征，使得家长和孩子们难有别的选择。因此，当务之急是改变这个体制。

教育的尺度

针对我们教育的现状，我认为有必要重温卢梭的一个著名论点：教育就是生长。杜威进而阐发道：这意味着生长本身是目的，在生长的前头并没有另外的目的，比如将来适应社会、做出成就之类。此言精辟地道出了教育的本质。

按照这个观点，我们不能用狭隘的功利尺度衡量教育，而应该用广阔的人性尺度和人生尺度。

人性尺度是指：教育应使每个人的天性和与生俱来的能力得到健康生长，而不是强迫儿童和青年接受外来的东西。比如说，智育是发展好奇心和独立思考的能力，而不是灌输知识，德育是鼓励崇高的精神追求，而不是灌输规范。

人生尺度是指：教育应使受教育者现在的生活就是幸福而有意义的，并以此为幸福而有意义的一生创造良好的基础。看教育是否成功，就看它是拓展了还是缩减了受教育者的人生可能性。与幸福而有意义的人生这个目标相比，获得一个好职业之类的目标显得何其可怜。

当然，我们也要用社会尺度衡量教育，但这个社会尺度应该也是广阔的而非狭隘的。正如罗素所指出的：一个由本性优秀的男女所组成的社会，肯定会比相反的情形好得多。

不可误用光阴

如果说教育即生长，那么，教育机构和教育者的使命就是为生长提供最好的环境。

怎样的环境算最好？生长是人的能力的自由发展，可称之为内在的自由，最好的环境就是为之提供外在的自由。外在自由有两个方面，一是政治自由，包括言论自由、学术自由等，另一是自由时间。这里单说后一方面。

在希腊文中，学校一词的意思就是闲暇。在希腊人看来，学生必须有充裕的时间体验和沉思，才能自由地发展其心智能力。卢梭说："最重要的教育原则是不要爱惜时间，要浪费时间。"

由我们今天的许多耳朵听来，这句话简直是谬论。但卢梭自有他的道理，他说："误用光阴比虚掷光阴损失更大，教育错了的儿童比未受教育的儿童离智慧更远。"

今天许多家长和老师唯恐孩子虚度光阴，驱迫着他们做无穷的作业，不给他们留出一点儿玩耍的时间，自以为这就是尽了做家长和老师的责任。

卢梭却问你：什么叫虚度？快乐不算什么吗？整日跳跑不算什么吗？如果满足天性的要求就算虚度，那就让他们虚度好了。

仔细想一想，卢梭多么有道理，我们今日的所作所为正是逼迫孩子们误用光阴。

童年的价值

在人的一生中，童年似乎是最不起眼的。大人们都在做正经事，孩子们却只是在玩耍，在梦想，仿佛在无所事事中挥霍着宝贵的光阴。可是，这似乎最不起眼的童年其实是人生中最重要的季节。粗心的大人看不见，在每一个看似懵懂的孩子身上，都有一个灵魂在朝着某种形态生成。

在人的一生中，童年似乎是最短暂的。如果只看数字，孩提时期所占的比例确实比成年时期小得多。可是，这似乎短暂的童年其实是人生中最悠长的时光。我们仅在儿时体验过时光的永驻，而到了成年之后，儿时的回忆又将伴随我们的一生。

对聪明的大人说的话：倘若你珍惜你的童年，你一定也要尊重你的孩子的童年。当孩子无忧无虑地玩耍时，不要用你眼中的正经事去打扰他。当孩子编织美丽的梦想时，不要用你眼中的现实去纠正他。如同纪伯伦所说：孩子虽是借你而来，却不属于你；你可以给他爱，却不可给他想法，因为他有自己的想法。如果你执意把孩子引上成人的轨道，当你这样做的时候，你正是在粗暴地夺走他的童年。

向孩子学习

耶稣说："你们如果不回转，变成小孩子的样子，就一定不得进天国。"帕斯卡尔说："智慧把我们带回到童年。"孟子说："大人先生者不失赤子之心。"几乎一切伟人都用敬佩的眼光看孩子。在他们眼中，孩子的心智尚未被岁月扭曲，保存着最宝贵的品质，值得大人们学习。

与大人相比，孩子诚然缺乏知识。然而，他们富于好奇心、感受性和想象力，这些正是最宝贵的智力品质，因此能够不受习见的支配，用全新的眼光看世界。

与大人相比，孩子诚然缺乏阅历。然而，他们诚实、坦荡、率性，这些正是最宝贵的心灵品质，因此能够不受功利的支配，做事只凭真兴趣。

如果一个成人仍葆有这些品质，我们就说他有童心。凡葆有童心的人，往往也善于欣赏儿童，二者其实是一回事。

相反，有那么一些童心已经死灭的大人，执意要把孩子引上自己的轨道。在他们眼中，孩子什么都不懂，什么都不行，一切都要大人教，而大人在孩子身上则学不到任何东西。恕我直言，在我眼中，他们是世界上最愚蠢的大人。

教师是神圣的职业

我上学的时候，人们常引用高尔基的一句话，说教师是人类灵魂的工程师。现在很少有人提起这句话了。可是，正是现在，太有必要重提教师职业的神圣性这个话题。

从小学到大学，是人的生长的最重要时期。生长得好坏，在很大程度上取决于环境，而对于学生来说，教师实际上构成了最重要的环境。许多人，包括许多伟人，在回忆自己的成长经历时，脑中往往会凸现一个老师的形象。一个优秀的教师会影响许多人的人生道路，所以才使人终身不忘。

杜威把教师比喻为上帝的代言人、天国的引路人。教师不只是传授知识，更重要的影响是在精神上，因此他自己必须有崇高的精神境界。

现在人们在讨论大学改革，依我看，大学教育的核心问题是要有一批心灵高贵、头脑活跃的学者，而体制优劣的标准就在于能否吸引这样的学者。有了这样一批学者，自然能够熏陶和培育出优秀人才。

什么是好学校？很简单，就是有一批好教师的学校。

今日教师队伍的素质不容乐观。罗素说，教师爱学生应该胜于爱国家和教会。针对今日的情况，我要补充一句：更应该胜于爱金钱和名利。

我的担心是，今日的学生在将来回忆自己的人生岁月时，脑中不再会出现值得感念的老师形象。

花开时节

在一次聚会上，有人提问：你认为世界上什么最美？让在座的每个人回答。答案形形色色，包括自然、和谐、简单、水、星空、孩子的睡容等等，每个答案都激起了热烈的评论。轮到一位朋友的女儿了，她是一个初中生，红着脸说出了她的答案：中学生的爱最美。

一阵短暂的沉默，无人发表评论。沉默的含义很清楚：中学生的爱？早恋！不该鼓励；儿戏！不值得理会。

但是，我的心受到了触动。当着这么多大人的面，这个初中生鼓起了多大的勇气，才敢为情窦初开的同龄人辩护。

我没有忘记自己的这个年龄。我知道，情窦初开的年龄，绽开的不只是欲望的花朵。初开的欲望之花多么纯洁，多么羞怯，多么有灵性，其实同时也是精神之花。和青春一起，心灵世界一切美好的东西，包括艺术和理想，个性和尊严，也都觉醒了。

这在人人都是一样的。区别在于，有的精神之花得到了充足的精神营养，长开不败，终于结出了果实，有的却只是昙花一现，因为营养不良而早早枯萎了。一旦不同时也是精神之花，欲望也就不再是花朵，只成了一堆烂泥。

所以，花开时节，最重要的是提供和吸取充足的精神营养。

热闹的空虚

早在电报发明时，梭罗就评论道：人们急于加快信息的传播，但是到达你耳朵的第一条新闻可能是阿德雷德公主得了百日咳。现在，有了电视和网络，我们每天获得的信息就更多了，简直是潮水般地涌来。

可是，仔细想想，其中有多少对我们是有用的？我们自以为知道了许多事情，其实它们与我们真实的生活毫无关系，唯一的作用只是充当谈资罢了。这种情况可用柯勒律治的一句诗来形容："到处是水却没有一滴水能喝。"

现代媒体是靠制造无用信息维持生存的。它需要吸引公众的眼球，保持公众的消费，为此必须不断制造热闹的话题。

它的确制造出了热闹，但热闹之下往往空无一物。这种情况甚至不以其从业者的意志为转移，一旦身在这台巨大的机器中，就不得不跟着它运转。与媒体的朋友聊天，他们对寻找话题的压力有多少苦衷和牢骚啊。

无论中外，文化品位较高的人大多不看或少看电视，我相信这不是偶然的。有人打比方，看电视就好像参加一个聚会，满座是你不认识的人，不断被介绍给你，兴奋过后，你完全记不起他们是谁和说了什么了。

试想一想，这样的聚会，如果你老去参加，你自己是不是有些无聊？

媒体时代的悲哀

在过去的时代，人们读大作家的书，看不见他们的人。在偶然的机会，也许会在街上遇见他们，但你不会认出他们，因为你不知道他们长什么样。不但大作家如此，大政治家、大科学家、大学者都如此。

一位美国学者指出，美国的前十五位总统走在街上，都不会有人认出。也许在竞选时，所属选区的选民能够看见总统候选人，但人们关心的也是他们的思想和主张，而不是他们的长相。据说林肯与道格拉斯的辩论长达七个小时，听众始终津津有味地听着，没有人抱着看一看他们长什么样的目的前来，看完了就离去。

现在完全不同了。无论作家、学者，还是政治人物，都纷纷在电视上亮相，而其知名度往往取决于亮相的频率。人们热衷于议论他们的相貌和风度，涉及他们的言谈，也多半关注口才如何、会不会说俏皮话之类，注意力全放在表面的东西上。

情形也只能如此，因为电视追求当下的效果，不容做节目的人和看节目的人思考。其结果是两方面都变得平庸了。林肯与道格拉斯的七小时辩论放在今天怎么会有人听，又怎么听得懂。同样，今天的总统和知识精英们也更关心如何使自己上镜，而不是如何更好地承担职责。

过去的时代出伟人，今天的时代出偶像。伟人功垂千秋，偶像昙花一现。这是媒体时代的悲哀。

媒体对于大众阅读的责任

在今日中国，谁引领着大众阅读趣味的走向？当然是媒体，而在媒体背后的则是出版商。在这个大众媒体时代，无人能改变这一点，因此我们只能问责媒体，要求它负起正确引导的责任。

现在图书的出版量极大，有好书，但也生产出了大量垃圾，包括畅销的垃圾。对于有判断力的读者来说，这不成为问题，他们自己能鉴别优劣。受害者是那些文化素质较低的人群，把他们的阅读引导到和维持在了一个低水平上，而正是他们本来最需要通过阅读来提高其素质。

因此，我认为负责任的媒体应该做两件事：一是依靠有判断力的专家和爱书人，向大众读者推介适合其水准的真正的好书，使它们成为畅销或比较畅销的书；二是认真鉴别出版商所制作的畅销或比较畅销的书，对其中低劣或平庸的书予以有说服力的批评，至少拒绝替它们宣传，遏制它们的畅销势头。

诚信与尊严

诚信被视为最重要的商业道德，而诚信的缺乏是转入市场经济以来最令国人头痛的问题之一。若要追寻问题的根源，从文化上看，便是人的尊严的观念之缺失。

什么是诚信呢？就是在与人打交道时，仿佛如此说：我要把我的真实想法告诉你，并且一定会对它负责。这就是诚实和守信用。当你这样说时，你是非常自尊的，是把自己当作一个有尊严的人看待的。同时，又仿佛如此说：我要你把你的真实想法告诉我，并相信你一定会对它负责。这就是信任。当你这样说时，你是非常尊重对方的，是把他当作一个有尊严的人看待的。可见诚信是以打交道的双方共有的人的尊严之意识为基础的，只要一方没有尊严，就难以建立起诚信的关系。

现在的问题是，如果你是一个有尊严的人，对方却没有，你和他还讲不讲诚信？我的回答是，仍然要讲，在这种情况下，你的诚信就表现在明确告诉他：你是一个没有尊严的人，我不和你打交道！决不能用欺诈对付欺诈，而应该形成一种氛围，使那些不讲诚信的人遭到蔑视和孤立，也许这正是走向诚信的第一步。

不愿意纠缠

陀思妥耶夫斯基曾经谈到：和崇高的灵魂周旋，奸人总是好脱身的，因为前者很容易受骗，一旦发觉，也仅限于表示高贵的鄙夷，而并不诉诸惩罚。

我相信，这样一种经验，是每一个稍有教养的人所熟悉的。轻信和宽容，是崇高的灵魂最容易犯的错误。轻信，是因为以己度人，不相信人性会那样坏。宽容，倒不全是因为胸怀宽阔，更多的是因为一种精神上的洁癖，不屑于同奸人周旋，不愿意让这种太近的接触污染了自己的环境和心境。

举一个很小的例子。在交通争端中，一辆小汽车和一辆自行车互相擦撞，做出赔偿的是哪一方？几乎必是那比较有教养的一方。我的确曾经亲历，并且不止一次从别的文化人身上看到，如果你是驾车人，你会赔偿，如果你是骑车人，你仍然会赔偿。当然，这个例子未必贴切，因为有教养不等于灵魂崇高，而那索赔的一方也不一定是奸人，只不过是比较蛮横一些罢了。我只是想以此说明，在短兵相接的场合，有教养的人比没有教养的人更容易妥协，宁愿遭受损失而不愿意纠缠。

这并不意味着崇高的灵魂缺乏战斗性。一颗真正崇高的灵魂，其战斗性往往表现在更加广阔的战场和更加重大的题材上。如果根本的正义感受到触犯，他战斗起来必是义无反顾的。

“好人一生平安”

“好人一生平安。”在当今流行的套语中，这句话却不使我反感，反而令我感到异样的亲切。我从中读出了下面的意思：

第一，在道德沦丧和法纪松弛的时代，好人最容易受到伤害，因为他心地善良，既无害人之心，面对伤害也缺乏以恶抗恶的狠心和自卫能力；

第二，因此，对于好人来说，好运属非分之想，他的要求十分卑微，只求一生平安，不遭飞来横祸；

第三，但这又是很高的祝福，是要靠天佑才能实现的，其反面是对恶人的隐蔽的诅咒：让他们去掠夺一切好了，唯得不到天佑，难逃不测之祸。

当然，这句话并不新鲜，似仍是“善有善报”的翻版。不过，在“一生平安”前冠以“好人”的主语，这种表达毕竟透露了一点新消息。如果它是好人说的，则表达了好人在这时代的无奈和自慰。如果是生意人对好人的献媚，并借此而向天意献媚呢？那也不太坏，起码从这虚伪中我们可以看出一种良心的不安和天意的威力，毕竟比毫无敬畏好些。

“世纪末”没有感想

“二十世纪已临近结束，值此世纪末之际，您一定很有感想。”

“啊不，”我面露惭色，“我没有什么感想。”

“这绝不可能。在这个世纪里，我们这一代人饱经沧桑，您也不例外嘛。”

“对对，我这些年经历的坎坷也真不少……”

“所以，对于您来说，二十世纪是一个不平凡的世纪，值得好好总结一下。”

“的确不平凡，若不是二十世纪，我就不会经历这么多坎坷，而且根本就不会有我，因为我是在二十世纪出生的。”

通过上述对话，我打发掉了一次隆重的约稿。

在我的词典里，没有“世纪末”这个词。编年和日历不过是人类自造的计算工具，我看不出其中某个数字比其余数字更具特别意义。所以，对于人们津津乐道的所谓“世纪末”，我没有任何感想。

世上每一个人都出生在某一个世纪，他也许长寿，也许短命，也许幸福，也许不幸，这取决于别的因素，与他是否亲眼看见世纪之交完全无关。

我知道一些负有大使命感的人是很重视“世纪末”的，因为他们相信自己在旧的世纪有不可忽略的影响，对新的世纪有不可推卸的责任，总之新旧世纪都不能缺少他们，因此他们理应在世纪之交高瞻远瞩，点拨苍生。可是，我深知自己的渺小，对任何一个世纪都是可有可无的。

我看改革二十年

倘若用魔术使某位国人在二十年前沉睡过去，又让他在今天醒来，他一定会不认识眼前的这个中国了。可是，倘若使他在更早的时候譬如说六十年前睡去，他醒来时也许就仍然会有似曾相识之感。在这片古老土地上进行的大规模政治实验的失败，迫使中国回到了一种比较自然的社会过程。

二十年前的思想解放运动的含义已经逐渐分明，它真正解放的是人的本能以及由本能所驱动的市场，而思想自身却丧失了特权。不过，我对这一变化持积极的评价。当思想拥有特权之时，其命运不外乎为王或为寇，而现在，它至少有了在市场上卖和买的自由，以及——只要自己愿意——不卖和不买并且远离市场的自由。

市场对于思想是冷漠的，因冷漠而是宽容的，与那个对思想狂热而严酷的时代相比，我对眼下的状态要满意得多。

文化、商业与炒作

在市场经济条件下，文化产品包括学术著作具有二重性，即既是文化，又是商品。一个作品的文化价值和商品价值是两码事，它们往往是不一致的，有时候差距还非常大。因此，作为国家，就不能把文化完全交给市场去支配，对于高级文化要扶植。作为个人，当然就看你自己想要什么了。有些人专为市场生产，那是他们的选择，无须责备，不过他们的作为基本上与文化无关。

好的学者和作家必定是看重文化价值的，他们写自己真正想写的东西，在写作时绝对不去考虑能否卖个好价钱。只是在作品完成以后，一旦进入市场，他们也不得不适应市场经济的现实，要学会捍卫自己的利益，不说卖个好价钱，至少卖个公道的价钱。

至于文化炒作，又不同于一般的文化商业行为。所谓文化炒作，就是媒体的某些从业人员与产品的制造者、销售者相勾结，以谋取和瓜分暴利为目的，在所控制的媒体上做与产品的实际价值远不相符的虚假广告。这至少是一种不公平竞争，往往还是欺骗消费者和侵犯其权益的行为。

我的守株待兔

“宋人有耕田者，田中有株，兔走，触株折颈而死。因释其耒而守株，冀复得兔。兔不可复得，而身为宋国笑。”

这是《韩非子》里的一个著名寓言。自从韩非讲了这个故事，这位守株待兔的宋人不仅为宋国笑，而且为世世代代的天下人所笑。

可是，扪心自问，我发现自己与这位宋人不无相似之处。我也是一个耕田者，所耕之田叫做学术。虽未完全荒废农事，却生性懒散，喜欢守在田中一棵树下，闲等种种与学术不相干的奇思异想如同那只兔子一样撞在我的树上。它们也真像兔子一样灵活，我要蓄意去抓是绝对抓不住的，除了坐等它们自投罗网之外别无他法。比那位宋人幸运的是，我自以为颇有所获。

也许有人会认真地指出我所获的并非兔子，而只是一些没有任何经济价值的小昆虫，对此我不在乎。我相信，一定也会有人觉得，比起千骑围猎隆重捕获的国家级珍兽，那些不招自来的普通的小生灵是别有一种情趣的。

学而思，思而录

“学而不思则罔，思而不学则殆。”这是孔子的名言。意思是说：只读书不思考，后果是糊涂；只思考不读书，后果是危险。前一句好理解，“罔”即“惘然”，亦即朱熹所解释的“昏而无得”。借用叔本华的譬喻来说，就好像是把自己的头脑变成了别人的跑马场，任人践踏，结果当然昏头昏脑。可是后一句，思而不学怎么就危险了呢？不妨也作一譬喻：就好像自己是一匹马，却蒙着眼睛，于是难免在别人早已走通的道路上迷途，在别人曾经溺水的池塘边失足，始终处在困顿疑惑、精疲力竭的状态。事实上，句中的“殆”字除危险之义外，前人确也有训作疑惑或疲怠的。

如此看来，学和思不可偏废。在这二者之外，我还要加上第三件也很重要的事——录。常学常思，必有所得，但如果不及时记录下来，便会流失，岂不可惜？学而思，思而录，是精神拾荒之快乐的三步曲。

灵感是思想者的贵宾

我相信，不但写作，而且所谓的写作才能，都是一种习惯。

托尔斯泰在日记中叮嘱自己：无论好坏，时时都应该写。他为什么要这样叮嘱自己呢？就是为了不让写作的习惯中断。如同任何习惯一样，写作的习惯一旦中断，要恢复也是十分艰难的。相反，只要习惯在，写得坏没有关系，迟早会有写得好的时候。

席勒说，任何天才都不可能孤立地发展，外界的激励，如一本好书，一次谈话，会比多年独自耕耘更有力地促进思考。托尔斯泰据此发挥说，思想在与人交往中产生，而它的加工和表达则是在一个人独处之时。

说得非常好。但是，我要做一点修正。根据我的经验，思想的产生不仅需要交往亦即外界的激发，而且也需要思想者自身的体贴和鼓励。如果没有独处中的用心加工和表达，不但已经产生的思想材料会流失，而且新的思想也会难以产生了。只要三天不动笔，我必定会头脑发空。

灵感是思想者的贵宾，当灵感来临的时候，思想者要懂得待之以礼。写作便是迎接灵感的仪式。当你对较差的思想也肯勤于记录的时候，较好的思想就会纷纷投奔你的笔记本了。就像孟尝君收留了鸡鸣狗盗之徒，齐国的人才就云集到了他的门下。

内在的眼睛

我相信人不但有外在的眼睛，而且有内在的眼睛。外在的眼睛看见现象，内在的眼睛看见意义。被外在的眼睛看见的，成为大脑的贮存，被内在的眼睛看见的，成为心灵的财富。

许多时候，我们的内在眼睛是关闭着的。于是，我们看见利益，却看不见真理，看见万物，却看不见美，看见世界，却看不见上帝，我们的日子是满的，生命却是空的，头脑是满的，心却是空的。

外在的眼睛不使用，就会退化，常练习，就能敏锐。内在的眼睛也是如此。对于我来说，写作便是一种训练内在视力的方法，它促使我经常睁着内在的眼睛，去发现和捕捉生活中那些显示了意义的场景和瞬间。只要我保持着写作状态，这样的场景和瞬间就会源源不断。相反，一旦被日常生活之流裹挟，长久中断了写作，我便会觉得生活成了一堆无意义的碎片。事实上它的确成了碎片，因为我的内在眼睛是关闭着的，我的灵魂是昏睡着的，而唯有灵魂的君临才能把一个人的生活形成整体。所以，我之需要写作，是因为唯有保持着写作状态，我才真正在生活。

写作与市场

对于今日的写作者来说，市场是一个不可忽视的存在。一个明摆着的事实是，你写的书要到达读者手中，市场不说是唯一的途径，至少也是最有效的途径。不通过市场，分送给亲朋好友，你的书就只能在一个小圈子里流传，不能算真正到达了读者手中。当然你也可以挂在网上，但互联网也已经成了市场的一个组成部分。

生活在市场经济的环境中，写作者考虑市场的因素是无可非议的。然而，这并不意味着你必须为市场写作。这里的界限在于，你是否让市场支配了你的写作。也就是说，应该区分两种情形：一是以在市场上获得成功为目标，决定自己写什么东西；另一是写自己真正想写的东西，然后争取在市场上获得成功。

我相信，我属于后一种情形。迄今为止，我没有为市场写过一本书。不过，我没有洁癖。写什么，怎么写，绝对要由我自己做主，在我的写作之国中，我是不容置疑的王。写出以后，我就衷心欢迎市场来为我服务，做我的能干的大臣。

因为它在那里

有人问一位登山运动员为何要攀登珠穆朗玛峰，他答道："因为它在那里。"多么简单、又多么令人深思的回答！别的山峰不存在吗？在这位登山者眼里，它们的确不存在，他只看见那座最高的山。相反，虽然珠穆朗玛峰一直在那里，对于许多人来说却等于不存在，他们从未想到要去攀登它。

我常常由此联想到读书。优秀的书籍组成了一个伟大宝库，它就在那里，属于一切人而又不属于任何人。你必须走进去，自己去占有适合于你的那一份宝藏，而阅读就是占有的唯一方式。对于没有养成阅读习惯的人来说，它等于不存在。人们孜孜于享用人类的物质财富，却自动放弃了享用人类精神财富的权利，竟不知道自己蒙受了多么大的损失。

在读书上，我们也应怀有与那位登山者相同的信念：非最高的山不登，非最好的书不读。

一个人的阅读趣味大致规定了他的精神品位，而纯正的阅读趣味正是在读好书中养成的。攀登大自然的高峰，我们才能俯视大千，一览众山小。阅读好书的效果与此相似，伟大的灵魂引领我们登上精神的高峰，超越凡俗生活，领略人生天地的辽阔。

让我们走进优秀书籍的宝库，去寻找自己的精神知己，因为它在那里。

对譬喻的理解力

斐希尔说：伟人注定遭到悲剧的命运，因为他扰乱了自然，引起了自然的报复。车尔尼雪夫斯基反驳说：自然对人是冷淡的，它既非人的朋友，也非人的仇敌。言外之意是，自然不可能报复。这个反驳文不对题。

可以换一种表达：伟人是作为人而试图做神的事情，因此招来了神的忌恨和惩罚。

车尔尼雪夫斯基也许会反驳说：世上并无神，等等。

许多机械唯物主义者的共同缺陷是，缺乏对譬喻的理解力。

我对此是有亲身领教的。我曾在一部文学作品里引用圣经故事，被视为有宣传基督教的嫌疑，出版时都被删去或加上了生硬的限制词，令我啼笑皆非。

我当然不是基督徒，但何妨读圣经，何妨把圣经当作譬喻来读。例如，创世的第一日，上帝首先创造的是光。“神说，要有光，就有了光。神看光是好的，就把光和暗分开了。”你看，在上帝眼里，光是好的而不是有用的，他创造世界根据的是趣味而不是功利。这对于审美的世界观是何等有力的一个譬喻。

艺术的个性与人类性

当我们谈论艺术家的个性之时，我们不是在谈论某种个人的生理或心理特性，某种个人气质和性格，而是在谈论一种精神特性。实际上，它是指人类精神在一个艺术家的心灵中的特殊存在。因此，在艺术家的个性与艺术的人类性之间有着最直接的联系，他的个性的精神深度和广度及其在艺术上的表达大致决定了他的艺术之属于全人类的程度。在此意义上可以说，一个艺术家越具有个性，他的艺术就越具有人类性。

人们或许要在个性与人类性之间分辨出某些中间环节，例如民族性和时代性。当然，每一个艺术家都归属于特定的民族，都生活在一定的时代中，因此，在他的精神特性和艺术创作中，我们或多或少地可以辨认出民族传统和时代风格对他发生的影响。然而，这种影响一方面是自然而然的，不必回避也不必刻意追求，另一方面在艺术上并不具备重要的意义。我坚持认为，艺术的价值取决于个性与人类性的一致，在缺乏这种一致的情形下，民族性只是狭隘的地方主义，时代性只是时髦的风头主义。凡是以民族特点或时代潮流自我标榜的艺术家，他们在艺术上都是可疑的，支配着他们的很可能是某种功利目的。全球化过程倒是会给这样的伪艺术家带来商业机会，使他们得以到世界各个市场上推销自己的异国情调的摆设或花样翻新的玩具。不过，这一切与艺术何干？

关于美的两个定义

车尔尼雪夫斯基的美学观点可以归结为：美是生活，生活高于艺术，艺术只是生活的再现或得不到原物时的替代物。他还把生活等同于“现实生活”。这个贫乏的论点后来支配了好几代人的所谓社会主义现实主义的创作。

他的论述中也有合理的见解，例如指出艺术的内容并不限于美，而是包括生活中一切使人发生兴趣的东西。不过，这个见解是与“美是生活”的定义相矛盾的。也许矛盾仅是字面上的，他反对艺术仅仅表现狭义的美即激情，而要求表现广义的美即全部生活。站在这一立场上，他精彩地抨击了雨果式的浪漫主义，包括浮夸的语言，狂暴的激情，虚构的性格，诡谲的情节，悲惨的境遇，兴奋的调子，“做作地把幻想刺激到病态地紧张的地步”，等等。所有这些与尼采对浪漫主义的抨击十分相似。

我相信，这里显示了他的“美是生活”与尼采的“美是生命”这两个命题的相通之处。浪漫主义之所以令人反感，就因为它既是做作（反生活）的，又是病态（反生命）的。

一个文学家眼中的哲学

高尔基有一回生动地谈到他对哲学的观感。他说，世界刚刚开始，正要形成起来，而哲学却在它头上打了一巴掌，喝问道："往哪儿去？为什么去？"或者命令："站住！"

读到这段话，我的第一个感觉是：真精彩！我立刻想起当今的许多文学家、作家、艺术家，他们恰好相反，都在争先恐后地朝世界头上打巴掌和喝问，并且以此证明自己和哲学一样聪明，甚至比哲学更聪明。

我应该承认，作为一个哲学家，我还有第二个冲动，就是替哲学辩护。例如，我想说，世界并非刚刚开始，而是早已存在了，甚至是永恒存在着的，却始终没有一个目标，没有一种意义。所以，哲学的掌击和喝问是完全有道理的。我还想说，哲学现在也已经有了改变，它发现世界完全不理睬它的喝问，继续毫无目标地朝前走去，于是幡然悔悟，明白了世界本来就没有什么目标，所谓目标是哲学自己的杜撰。所以，今日的哲学不再向世界喝问，现在它只做一件事，就是没完没了地自我检讨，追究自己从前向世界问那样愚蠢的问题的原因。

不过，在做了这些辩护之后，我的第一个感觉依然鲜明：高尔基的话真精彩！我想说的是，不管哲学是在朝世界的头上打巴掌，还是在朝自己的脸上打巴掌，文学和艺术都不必去理会，更不要去模仿，而只需让自己融入世界之中，与世界一同朝前走去。

不同的哲学观

世界与我：哲学的两个永恒主题。

一种哲学追问：世界是什么？它试图把握那个不受我们人类认识干扰的世界的本来面目。在发现这个意图的徒劳之后，便追问：我们对世界的认识是什么，亦即我们认识中的世界是什么？这个问题其实是上述问题在较弱的形式中的延续。

另一种哲学追问：我是什么？我应当如何生活？它关心的是生命的意义问题。

当然，几乎每一个哲学家对这两个问题都在不同程度上给出了自己的答案。然而，在不同的哲学家那里，两者之中必有一个问题是元问题，另一个问题则处于派生地位，由此而分出了不同的哲学方法和风格。

对后现代的怀疑

当今哲学界的时髦是所谓后现代，而且各种后现代思潮还纷纷打出尼采的旗帜，在这样的热闹中，尼采也被后现代化了。于是，价值重估变成了价值虚无，解释的多元性变成了解释的任意性，酒神精神变成了佯醉装疯。后现代哲学家把反形而上学的立场推至极端，被解构掉的不仅是世界本文，而且是哲学本身。尼采要把哲学从绝路领到旷野，再在旷野上开出一条新路，他们却兴高采烈地撺掇哲学吸毒和自杀，可是他们居然还自命是尼采的精神上的嫡裔。

据说他们还从尼采那里学来了自由的文风，然而，尼采的自由是涌流，是阳光下的轻盈舞蹈，他们的自由却是拼贴，是彩灯下的胡乱手势。他们创造了一种标榜为解构语言的文体，这种文体的恰当名称应该叫不知所云。

我之怀疑后现代哲学家还有一个理由，就是他们太时髦了。他们往往是一些喜欢在媒体上露面的人。尼采生前的孤独是尽人皆知的。虽说时代不同了，但是，一个哲学家、一种哲学变成时髦终究是可疑的事情。

鸡年说鸡

我属鸡，男性。雄鸡有两大特点。第一善叫，叫声嘹亮，“雄鸡一唱天下白”，威风十足。第二好斗，动辄竖起全身羽毛，“好斗的公鸡”遂常用来形容剑拔弩张之人。我却既不善叫，也不好斗，木讷而窝囊。因此，我深感有负于我的属相。

汉语中有许多与鸡有关的成语，多为贬义。“偷鸡摸狗”，鸡即使作为被偷的对象也上不了档次，因而偷鸡是令人鄙夷的行为，何况还可能“偷鸡不着蚀把米”呢。“鸡鸣狗盗”，“斗鸡走狗”，形容市井无赖，街巷二流子，皆不入流之辈。“鸡飞狗跳”，鸡最没有修养，遇事率先惊惶，造成混乱局面。这几个成语都是鸡狗并提，而在今天的现实中，狗是宠物，鸡的最高荣誉仍只是盘中美餐。“手无缚鸡之力”，反证鸡的软弱可欺。“杀鸡给猴子看”，明示鸡的软弱可欺，只配做牺牲品。“黄鼠狼给鸡拜年”，虽是揭露黄鼠狼的不怀好意，但同样也对照出了鸡的软弱可欺。“鹤立鸡群”，鸡成了平庸之辈的象征。众所周知，在俗语中，鸡还是别种象征，其义猥亵，分别指向男性某物和女性某业。总而言之，鸡似乎是一种上不得台面也成不了气候的东西。

这么说来，我的属相又有负于我了。

当然，以上只是说着玩儿。认真说来，属相与我何干，鸡的毁誉与我何干。今年是鸡年，不管是不是属鸡，这个鸡年人人有份，我祝愿大家鸡年快乐。